圖書在版編目（CIP）數據

澉水新誌：全3册 /（清）方溶纂. —杭州：西泠印社出版社，2012.8
（澉水誌四種）
ISBN 978-7-5508-0526-2

Ⅰ.①澉… Ⅱ.①方… Ⅲ.①鄉鎮—地方誌—海鹽縣—清代 Ⅳ.①K295.55

中國版本圖書館CIP數據核字（2012）第179309號

海鹽縣史志辦公室
海鹽縣檔案局
影印

澉水誌四種

澉水新誌

上

〔清〕方溶 纂

西泠印社出版社

蓉浦先生遺像

畢福成敬繪

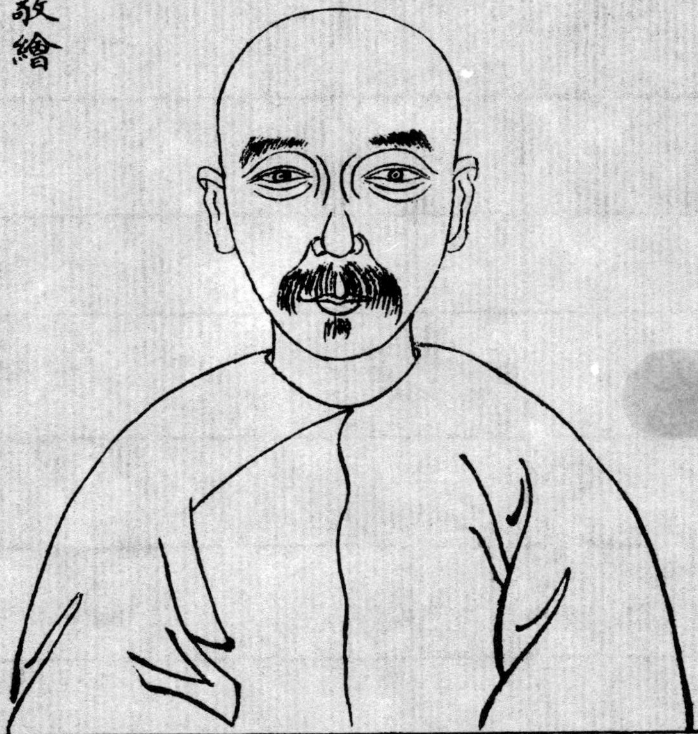

澉水新誌序

志猶史也非考覈勾稽極其博雅貫串斷制極其精嚴則不爲天下之奇作往者嘉慶癸酉甲戌嘗應四川布政使方有堂先生之聘與楊蓉裳譚鉄簫諸人纂修四川通志凡古令郡邑志乘無不搜羅攟摭其間絶出千古者常棠澉水志爲最而康海武功志韓邦靖朝邑志皆其流派之有典型者也澉水志作於宋末僅四十餘頁續之者爲前明董穀體例小變卷帙倍增已有明人自用之憾顧其事增文繁亦其勢有不獲已者夫自宋迄今天道變於上人事更於下不知凡幾非棠書之所備也自明迄今天道變於上人事更於下不知凡幾亦非董志之所備也然則抱殘守缺知古人之簡貴而不忍易轍改絃與夫博采廣摭補古人之缺遺而不敢膠柱鼓瑟其義一也方君蓉浦善人也亦博物君子也家無恆產以硯田爲業於課讀之暇檢閲羣書諮詢父老數十年之苦心著成澉水新誌雖精簡不逮棠書而詳贍過於董志山海交錯之區上下七百年中作者踵起前後相輝非偶然也惜予調任錢塘行將受替不得就已意所未盡者商之謹撮其大凡而爲此序云

時

道光四年歲次甲申夏五吉日

勅授文林郎知海鹽縣事成都汪仲洋謹撰

澉水新誌序

自宋紹定三年隱君竹窗常棠始創澉誌迨明嘉靖三十六年漢陽歸叟董穀續之古昔三百餘年舊典簡册流傳賴以不墜然二書梓板無存抱殘守缺乃自嘉靖丁巳以來又歷二百九十餘年時代變更事端繁賾不有記者徵信無由奚以昭垂來者耶余壯歲困於場屋家又艱窘日以講授生徒爲業嘉慶庚午余館于邑城李蒿園先生家先生雅素好古富有藏書一日偶覽鹽邑志林諸書内有關于澉墅典故者輒記錄之此撰誌之始也如是者有年嗣是客寓吳淞爲董樸園師代閱婁東惠南書院課藝此事中閣比及還家課學于邑城黄氏銀花藤館復將誌稿與黄子柳江重加考訂是時邑侯汪公少海夫子弁以序文編次卷帙如是者有年繼此就館于篁里張氏八磚精舍課文讀書之暇將是稿呈政于叔未先生先生見而悅之于古蹟詩詠兩門撰記作歌已亥夏太守于公下車重修郡志中尊楊侯招余至署意欲將澉川舊典審擇數卷

上呈余與柳江重加訂正如命錄呈頗多採取蓋至是已三易稿矣如是者又有年總之我澉舊典得於耳聞者半得於目覩者亦半憶自紀年周甲以後精力漸衰常怯舟車遠出就近擇主於茶院通元浦漾夾山等處依舊靑氈暇時與諸友人散步村莊遊山玩水輒多記錄是西南區一帶典故搜羅殆徧至東北區頗以遺漏爲憾十餘年來老態益增杜門不出幸有亞蘭萬君係誠之先生之文孫也先生與余結文字交互相砥礪惜乎先生早遊道山余每以不得領教益爲歉亞蘭不忘世好屢蒙過訪與余談經論史考據詳明不愧少年英俊遂聯爲同志余將是稿付託亞蘭補所未備亞蘭於數年内博采旁搜以余所遺漏者每卷補綴始得觀成是曩日之缺憾賴亞蘭潛心修纂豈非是書之幸耶黄君鞍邨學優好古於余志中或有未足信從之處必代爲核查切實而增損之亦大有裨益於是書吳子棠園朱子鹿賓一出仕於閩中一出仕於黔地先後謝政告歸二字博物君子也亦文壇之契友也余與亞蘭就而諮商審

辨體例務使完善而後已書成爰倣張鉉金陵新志謝鐸赤城新志之例定其名曰溆水新誌并取簡編定爲目錄曰地理曰職官曰隄海曰水利曰課税曰名勝曰選舉曰人品曰列女曰藝文曰雜記合之凡十二卷云

道光三十年八月蓉浦方溶自序時年八十有七

溆水新誌序

昔孔子嘗曰吾志在春秋春秋魯史也史而曰志其爲作者心之所之乎漢志五行首曰志體一準乎史宋眞宗詔諸道修郡乘亦曰郡邑之志昉諸列國之史則是記載謂志徵信謂志非徒沾沾託爲一家言者矣春秋二百四十紀五等諸侯皆自爲政職司掌故爰有方史外史南史小史諸名號而其間若富辰逃封建胥臣論學校蔡仲詳城制羽父溯宗盟抑又有志之士旁搜博訪考證古今大有裨於史者所未及士君子束身名教萬不敢輕舉建議驚爲非常之原惟以隨時隨地殫見洽聞凡所當傳筆之簡端釐然成編而曰姑志之以俟太史輶軒之下逮嗟乎此其志良足深人思矣庚戌秋予奉委權篆茲土甫下車卽索邑乘催之至再乃得天啓年間黃岡樊公亢宗氏所修圖經及 國朝乾隆年間宛平王公桐叔氏所修續圖經刊本他若朱志徐志仇志彭童合志楊志云無存焉予以爲徵文考獻舊志所關甚鉅遍訪邑中諸藏書家久之始得悉馬君笏齋藏有徐志仇志彭童合志三書皆鈔本惟朱志楊志則至今不獲更自王公越今百餘年來未之復修竊以爲邑治之重且急者修志爲第一今春夏交漕事稽延刻無暇及仲秋之月予又奉委專辦塘工瓜代人來匆匆告退悵悵然志自歉適有萬子亞蘭來謁袖出續修溆川新誌稿乞予一言予正有欲言者以予於斯經年矣文物之地著作如林萬一議成修志得與諸君子訪採觀摩印之以登秦嶺坐琴臺海潮望澎湃而來山靈呼贔屭而出其有益於見聞者何限抑或更得諸舊志規彷其體取類遠垂憲周甄藻嚴一舉而三善具備卽溆川斯稿仍遵前軌附登而入是則後先斯事者舉各有以見志而予亦藉以志一方之名勝爲不淺又何徒對溆川言溆川也溆川距縣三十里爲南鄉大市鎭向因防寇義建城垣予初聞其鎭民敦古處士尙淵博知名之彥代不乏人比到鎭中接見朱鹿賓老年伯詢悉近鎭七著素無游手鷄鳴狗盜罕有其事心甚悅之因更耳方蓉浦先生重爲曩時宗匠之名是稿本蓉

浦先生手訂於始亞蘭萬子復補遺續廣擴而充之總計十二卷頗極詳慎完善令予一展斯稿則既不啻如見蓉浦亞蘭二公之所爲有志竟成竊又感悟斯邑之乘予則有志未逮竭當諄囑後來者尙取法焉

時維

咸豐元年季冬之月

勅授文林郎知海鹽縣事江西程文範酉山氏拜序

澉水新誌目錄

鎮人方溶修纂

澉水新誌卷之一地理門

鎮人方　溶修纂

沿革

澉浦鎮唐開元五年蘇州刺史張廷珪奏置屬蘇州府海鹽縣會昌四年置鎮遏使以鄉土豪傑領之監鎮之官北宋仍唐舊制攷海寧縣志硤石紫微山石刻三字碑宋右班殿值監澉浦鎮稅兼烟火公事樊世卿書官銜可證迨南渡後以澉地近京師商舶衆集甲於諸方鎮極繁盛元承宋後定兵制設鎮遏旋改鎮守即宣慰使其時招商雲集不減前朝末後開釁番邦倭夷滋擾明初禁海築城廣設軍衛巡緝海洋官皆世襲所以備倭患也

國朝運際昇平治臻上理順治二年裁汰軍職設立澉浦汛千總一員統率兵丁保護城鄉海氛以靖

風俗

澉浦僻在一方俗樸而好文儉而知禮士大夫冠婚喪祭率循典章教子孫以讀書稽古田野小民火耕水耨兼以伐山煮海營生婦女善績麻紡紗者少更以織苧布爲業催科重而生計薄習尚淳而蓋藏少未能家給人足也

境界

南至葫蘆山界

東南至長牆山界

東至青山界

東北至秦駐山豐山界

北至鹹塘橋梅園橋界

西北至鮑郎浦通院六里山界

西至夾山界

西南至譚仙嶺黃沙塢界自此沿海相接即葫蘆山

約計周圍壹百里有奇

四至八到皆古鎮境明襲宋元　國朝因之境在縣治之南故稱南鄉共計區圖二十有八云

城池

自前明嘉靖三十年倭寇復犯境城垣重加修葺歷時已久逐漸毀壞至於濠河面雖闊而底本淺數百年來淤塞更甚六七兩月不雨水即涸可行人無險足恃難云防堵不特田畝無以資灌溉而已也澉境數萬生靈命脈盡係於此況乎黃道關口實爲浙省之門戶縱使海疆綏靖外敵不侵而金湯鞏固有先事預防之道焉則修濬諸務豈非營國之大者乎

許九杞與胡梅林中丞書曰嘗聞蘇子瞻曰時方有事則匹夫之言重於泰山斯言自昔有徵矣今日海寇弄兵首尾三年躪蹂八郡焚刼殘毀江南無完土殲夷竄逃萬姓無固志寧可謂無事乎相卿至愚無識非敢自以其言

爲重也竊謂於一時一事或至切而甚要焉夫澉浦一城懸絕海岸隔離衛所縣邑遠者七八十里近者猶四五十里孤特獨立四無人烟如傾巢之繫危枝有兵猶僅自保人少特一空戍耳去歲五月海寇數百白晝猝來攻城時有統兵徐指揮公差李典史協奮乘城牌石滾木沸油毒箭交墜如雨賊衆救死扶傷亟遁自是以來賊凡五六過城下聞鼓疾走不復敢近蓋懲前失利也然識者以爲賊所必由熟路不可一日無備而又以兵少糧不繼爲憂近乃掣去統兵幷湖處兵往乍浦存留老弱數百城中無不自危故昔者鄉民日有千百扶攜入城冀免死亡今則城中日有十數商議出城別尋活路矣使賊陸行猶倚衞兵先捍使其舟至城邊可泊者不下三四處維杙到城直三四百步競進疾攻欲禦無人求援無路賊將爲刀俎人盡爲魚肉矣執事雖甚憂而欲拯之其將能乎徐行健者不知其素然統兵于澉二年却能守法亦知持廉士心頗皆畏服故今急乞鈞裁復調徐統原兵更益兵千

數守澉則地理素諳兵將相習不特澉爲可保且聲勢連絡海寧亦自增氣執事可無南顧之憂矣若只如空城餌寇或入據之則列屯喪氣省城亦且寒心禍患未知所弭相卿室燬肢殘然亦有水郵僻境緩急倚爲三窟實非全恃澉城爲全身保家室謀而爲此嘵嘵也誠目覩千萬生靈不忍坐視其阽危故不揣沉淪之陋罔顧嚴重之威而獻其迂議於執事又況執事敬承簡拔專制方面寧忍謂彈丸之地非王土創殘之民非赤子耶仁人必不然矣伏維少留意焉

吳貞肅公上熊撫軍書曰澉浦所斗大一城屼衝海上實東南之門戶先年屢經寇患危而復安以城壘高厚守備完好也自改里遞爲官修而城垣日隳無過而問者幸雲怡蔡公祖毅然振舉一時改觀今數載復遭風潮之患樓櫓垣墻雉堞臺鋪在在傾圮千百生齒日夜孤露寄命於盜賊之手此地去縣既遠情同孽子不復關切而天聽彌高衆弁力微徒作大聲之呼未聞流水之令日復一日究且無城目今萑苻充斥風鶴時驚居此土者惟有轉徙一法而人盡轉徙寇至曷守恐非祖宗朝設立城池之意所恃祖臺在上法令彰明顯懇特委廉明尅期修築若止層累檄下本縣工房則掛壁置之耳事關民社佐所弁一言采而行之幸甚幸甚

康熙十四年乙卯六月澉浦士民吳坤釜朱維新等爲懇恩給示速通水利下救民田上裕國課地方攸賴事竊惟澉浦地形高阜水道不通涇河田畝居多止靠城濠之水盤戽灌溉設立水門一以便民一以救田詎料上年十月間突遭豪棍不顧地方利害擅自釘木堆塞目今乾旱水斷無從車灌田苗立槁伏乞天臺給示批着位圖保長即同業戶照舊疏通復還水道其水門啓閉仍循舊例撥泒門兵掌管興利除弊民生仰賴爲此激切連名上具

奉

知縣張名素仁飭令開通水門照舊復還水道

海鹽縣知縣張名宗軾爲嚴禁事照得澉浦係濱海之區最關緊要是以設立城垣以資保障今訪得有等無知愚民罔知利害偶需磚石卽於坍近城身挖取一經坍卸關係非輕現據紳士畢皆木等稟請示禁前來除移營一體嚴查外合行出示嚴禁爲此仰該坊地保居民人等知悉爾等須知城垣爲地方之保障竊取城磚石塊厥罪非輕自示之後倘敢復蹈故轍一經訪聞立卽從重治罪斷不姑寬各宜凜遵

嘉慶十七年五月廿二日給

坊界

裳坊 陳灣

東至楊家園湯坊界西至天字圩位坊界南至李家圩推坊界北至楊山朝坊界

推坊 城內外東北區

東至李家圩裳坊界西至潘火六橋伐坊界南至青山讓坊界北至雙橋裳坊界

位坊 城內外西北區

東至褭核橋推坊界西至貓兒橋伐坊界南至徐匠村國坊界北至井亭廟裳坊界

讓坊 城內外東南區

東至青山下推坊界西至渾水寨唐坊界南至黃道山海洋北至東門大街推坊界

國坊 城內外西南區

東至大街讓坊界西至八字橋唐坊界南至城外讓坊界北至湖唐坊界

有坊 邵灣

東至黃巢街伐坊界西至轎山枝吊坊界南至北湖唐坊界北至根竺大橋虞坊界

虞坊 根竺大橋

東至獨匯涇伐坊界西至西安橋吊坊界南至達王廟有坊界北至石牌橋陶坊界

陶坊 茶院

東至環橋民坊界西至佛游墩海寧州界南至沈家潭虞坊界北至冉里山拱坊界

唐坊 葫蘆山灣

東北渾水寨讓坊界西至鶯窠頂海寧州界南至海洋北至北湖北岸國坊界

吊坊 紫雲郞

東至邵灣有坊界西至譚家堰海寧州界南至烏龍井海寧州界北至打鐵橋陶坊界

民坊 九曲港

東至九曲港瑞坊界西至茶院市陶坊界南至愚溪橋瑞坊界北至匠人橋問坊界

伐坊 六里堰

東至潘火六橋推坊界西至黃巢衖有坊界南至柳橋位坊界北至朱王廟瑞坊界

瑞坊 俞歷廟

東至趙家橋周坊界西至愚溪橋民坊界南至虞家墓橋伐坊界北至朱家柵橋問坊界

周坊 惹山北白鶴門

東至塘路口朝坊界西至五河涇瑞坊界南至惹山寺推坊界北至亭子橋問坊界

發坊 秦駐山

東至海塘秦駐山脚西至東宋橋湯坊界南至石鼓橋商坊界北至姜家橋臣坊界

商坊 長川壩

東至海西至棠花浜湯坊界南至海北至石鼓橋發坊界

湯坊 大步山

東至棠花浜商坊界西至宋家浜裳坊界南至林家衖裳坊界北至沈家橋率坊界

坐坊 雪水港

東至夏灣橋湯坊界西至淡水村朝坊界南至碧里山陽裳坊界北至豐山率坊界

朝坊 靠天蕩

東至馬鞍山坐坊界西至金水堰周坊界南至楊山裳坊界北至鹹塘河黎坊界

問坊 浦港

東至鰲墩橋愛坊界西至六里山野橋拱坊界南至朱家柵橋瑞坊界北至戴家石橋道坊界

道坊通元南三官堂

東至窰墩港章坊界西至棧浜上垂坊界南至浦漾問坊界北至通元鎮字坊界

垂坊水北

東至通元字坊界西至海寧州界南至冉里山拱坊界北至潭橋服坊界

拱坊冉里山

東至五河涇瑞坊界西至海寧州界南至茶院市陶坊界北至聖翕廟垂坊界

平坊豐山

東至孝隱村坐坊界西至報恩橋章坊界南至利和橋黎坊界北至南廂橋邇坊界

章坊梅園

東至報恩橋平坊界西至窰墩橋育坊界南至那思橋愛坊界北至厚望橋育坊界

愛坊金家橋

東至積善橋朝坊界西至東浦橋問坊界南至金水堰周坊界北至陳家兜章坊界

育坊廣恩橋

東至張家堰壹坊界西至慶豐橋字坊界南至窰墩港問坊界北至新豐廟邇坊界

黎坊管山

東至管山橋平坊界西至沈家埭章坊界南至西鹹塘橋朝坊界北至利和橋平坊界

山

山之丈量若干惟長墻一山載於常誌高八十丈周十九里餘本嘉禾誌所載爲補錄之

青山高五十丈周四里 **葫蘆山**高六十丈周五里不知何年沙漲半在平地相傳劉宋鮑陋子孫居焉 **颺山**高七十丈周六里 **荊山**高四十丈周三里 **麂山**高六十丈周四里一統志云以形似名又伏獅山雞籠山亦以形似名 **邵灣山**高七十丈周八里一名木山產茶名雲霧 **吳家山**高五十丈周五里 **鳳凰山**高四十丈周五里山峰如鳳凰之展翅故名 **泊櫓山**高一百五十丈周四里 **礪頭門山**高五十丈周五里 **茶磨山**高二十丈周三里 **金牛山**高一百三十六丈周四十里咸淳志云高三百丈周十九里按吳地記卽會稽山是陸華兄弟尋金牛穴山被歷處與舊誌言皋伯通事不同 **紫雲山**高八十丈周九里 **金粟山**高九十八丈周六里山之西有峰突起名古杏山統於金粟前誌多不載適周六里故亦名六里山與市北六里山別 **夾山**高六十丈周七里一名中分山海寧縣志云高六十五丈南北長一里半 **大步山**高五十九丈周三里 **小步山**高五十九丈周二里半 **豐山**高一百三十二丈周十二里產石色黃而堅土人採爲甃築用 **秦駐山**高一

百六十丈周二十里吳地記云秦始皇時有五百童女避難於此後並得仙望虞山高九十丈周一十二里譚山嶺高二十丈周三里此山丈量見海寧縣志前志俱未載望夫山高七十五丈周四里黃山高六十丈周七里按柳琰嘉興府志在縣西南三十六里近有高王山與此相接意此時猶爲鎮境故并記之其東麓即明都司周應正戰沒處後人建廟祀之舟里山楊雄云四皓避秦居藍田山中鹽有藍田疑四皓隱此故名孔安國祕記作舟鼇魏子作祿里其稱不記一作蓋聲相假耳路史同白塔山在秦駐山東海上有百(白)塔神仙所棲唐至德初徐正字嶷於山下得一桃核片可貯米一升宋建炎四年春賊將徐大刀艬舟山下見林木茂盛有兩道人弈碁登岸就之不見遂不擾海邑而去大小巫子二山國朝康熙三年丈量計共四十二畝徵款餘納鹽司鮑郎場又東海口秦駐支山亦名巫子

山總論　澉浦西南諸山從海昌尖山自西過東迤邐而來最峻者爲高陽山磴道十二盤其巔爲鷹窠頂十月朔觀海中日月並出處高陽之北爲譚仙嶺通海昌道頗險過嶺起峽爲木山頂即邵灣山之正峰也由木山而東北爲金牛山稍東爲觀音山又北爲石屋山又西北斷而復起爲茶磨山山灣之中皆沃土可居總謂之邵灣云又木山之西迭起三峰中曰紫雲山東曰大旗山西曰獅子巖而中峰之下迤北曰小紫雲山大旗山之下又北卸二

小山曰蕭家山陳墳嶺總謂之紫雲村也茶磨之北渡水四五里復起三山曰中分曰金粟曰舟里而金粟有二峰其伏而右轉橫列者名古杏一作古黃又作古衡山統於金粟故曰周六里也高陽當永安湖西南自木山而東有二峰相累而下一飲湖一臨湖者礜山麂山也金牛山左高峽爲野鴨嶺復起峯而南向者九杞山也又峽復起爲大山而前蹲者伏獅山也稍折而東復峽而南者鷄籠山也諸山在湖之右起西南而迄東北又自麂山伏脈過湖夾湖闈而峙者颺山如象峙其南荆山如月峙其北也荆山發脈斷而復起者鳳凰山也諸山在湖之左起東南而迄東北羣峰環繞而南北兩湖蕩漾於其間昔人比之小西湖云環湖之山既斷過六里堰有山拔地而起者名泊櫓山土人謂之閣老一作閣老山其南麓有橫山有澤山與隔水鳳凰山趾犬牙相錯關澉城水口而東其流焉自是迤東爲羅漢山其陰曰翠屏山翠屏之東對峙如門名礪頭門山折而北其過峽處爲井亭又起石馬山山巔分支橫

如複壁中有文溪塢其北麓有小山名魯家灣又北復起東西分馳西爲惹山陸墓山附焉東爲楊山石屋山附焉又北迤東爲石塔山馬鞍山碧里山楊山馬鞍之下南爲陳灣水北爲雪水港逾港之北斷而復起者爲葛山土人又謂之銀山西爲管山東爲小步山又東爲大步山北爲龜山又北爲豐（一作楓）山皆不相連屬諸山斷續復起至豐山而盡其山之沿海並行者高陽發礬山麂山過湖爲颭山由西而東有葫蘆山葛母山在城西南有黃道山長墻山在城東南由是峰回巒轉自西南又東北既平復而突起者爲青山青山東北爲望虞山秦駐山秦駐五峰參差既自南而北復由東而西有火爐頂直插至西北環繞爲秦駐塢其南北各有小山爲餘支雖有分名而總可以秦駐該之山從高陽發脈至秦駐而盡恰與豐山相爲照應成一方之垣局故曰諸山乃是省會下手由江入海關東至長墻山之外大小巫子山及秦駐山之外白塔韭黃門俱在海中稱爲海島無從知其脈絡云

水

大海澉鎮東南西三面皆環之潮自黃盤洋起汛過乍浦湯山至秦駐山一當直趨小海又西南曲逕長墻葫蘆高陽諸山入海寧州界海色晝如空夜如合春如進冬如歸秋夏如驕日海平雪海深雨海悲風海怒月海樂潮汛論云潮頭朔望再至餘日遞退半月復三日十八日再至潮旺餘日遞縮亦半月復

春秋月

初一	十六	午末	夜子正	大
初二	十七	未初	夜子末	大
初三	十八	未正	夜丑初	大
初四	十九	未末	夜丑末	大
初五	二十	申正	夜寅初	下岸
初六	廿一	寅末	晚申末	漸小
初七	廿二	卯初	晚酉初	漸小
初八	廿三	卯末	晚酉正	漸小
初九	廿四	辰初	晚酉末	小
初十	廿五	辰末	晚戌正	交澤
十一	廿六	巳初	夜戌末	起水
十二	廿七	巳正	夜亥初	漸大

十三	廿八	巳末	夜亥正	漸大
十四	廿九	午初	夜亥末	漸大
十五	三十	午正	夜子初	極大
夏月				
初一	十六	午末	夜子正	大
初二	十七	未初	夜子末	大
初三	十八	未正	夜丑初	大
初四	十九	未末	夜丑正	大
初五	二十	申初	夜丑末	下岸
初六	廿一	寅初	晚申正	小
初七	廿二	寅末	晚申末	小
初八	廿三	卯初	晚酉初	小
初九	廿四	卯末	晚酉正	小
初十	廿五	辰初	晚酉末	交澤
十一	廿六	辰末	夜戌初	起水
十二	廿七	巳正	夜亥初	漸大
十三	廿八	巳末	夜亥正	漸大
十四	廿九	午初	夜亥末	漸大
十五	三十	午正	夜子初	極大
冬月				
初一	十六	午末	夜子正	大
初二	十七	未正	夜子末	大
初三	十八	未末	夜丑初	大
初四	十九	申初	夜丑末	大
初五	二十	申正	夜寅初	下岸
初六	廿一	寅末	晚申末	漸小
初七	廿二	卯初	晚酉初	小
初八	廿三	卯末	晚酉正	小
初九	廿四	辰初	晚酉末	小
初十	廿五	辰末	夜戌初	交澤
十一	廿六	巳初	夜戌正	起水
十二	廿七	巳正	夜戌末	漸大
十三	廿八	巳末	夜亥初	漸大
十四	廿九	午初	夜亥正	漸大
十五	三十	午正	夜亥末	大

永安湖瀦諸山之水隄之爲湖周圍一十二里深一丈五尺許三千七百四十三畝（南湖一千三百三十三畝 北湖二千四百一十畝） 灌田八千三百餘畝置閘啓閉以資蓄洩明洪武壬申重濬屢經申請修治（詳載董誌） 逮 國朝康熙十一年知縣張公乾隆三十五年知縣鮑公俱親臨相度築隄疏湖民賴以生今又將百年淤澱日甚湖身日高雨多則翕受無幾旱則涸轍爲患普大利者非開濬不爲功

中河自永安湖閘口而下東過吳越王廟前分爲二支一支西北流自王家橋

至孫家堰止一支東南流過八字橋經三十字河至張老人閘止又兩處支浜在西門外者至油車堰止在南門外者至顧家堰止統計河港浜溇凡五千九百七十九丈五尺闊狹不等

濠河亦名城河勢居上流故城西設六里堰城東設裘家壩城北設滾水石壩皆以蓄積濠內之水以灌濠旁之田

長河在城濠西濠河從日暉橋流出西抵六里堰而止故通稱上河堰外即下河矣上下河高低懸絕堰過上河之水河旁之田胥賴焉如遇雨水過多啓堰南之轉水閘以洩入下河

新河在東門外起自裘家壩下至長川壩止一以灌溉蕩田一以利濟鹽運亦宜蓄而不宜洩倘值雨水過多漲溢爲害則開長川舖基閘以洩之

大寖湖在長山灣明朱心泉於湖口建置閘座以灌溉灣內之田山灣支浜凡五錢王兩浜及車水西橋盧家三浜其水俱經教場東至堂橋入城濠道光

八年里人盧元熙開濬東南角城濠并濬及灣內五浜由是田疇利賴舟楫亦通

市河古通海口由招寶閘入運渠經過市中其間有灣曰塘灣有巷曰塘門衖有閘有廟曰閘橋庵其水道於前朝已湮塞皆爲民居今按其地惟海門寺後玉帶河納東南隅之水出板橋經倉河塘自東而北過康家橋又北至舊城河過錦繡橋入大寺河出丁家橋折而南過鹽司橋又折而西過西石橋出水關門入城濠　又南門內教場後大澎河納西南隅之水傍西城下過西橋蘇家橋折而東入小澎河又折而西由民地中央官水路出蔣家橋向北去再由民地中央官水路流入倉基河逕安德橋折而西逕西石橋出水關門入城濠

煦按西南隅水道至西門蔣家橋地形自高而低水得順流而下是以彼處田疇無慮湮沒且水源流通氣脈不絕於闤鎮大有關係焉今西南隅

之水流入小澎河（在趙姓住宅後面）折而西先流入姚屋內天井中之亮水溝（即舊時官水路）然後由西邊牆洞流出到官水路再過姚屋底暗陰溝（即舊時官水路）始逕蔣家橋沿趙姓牆外官水路曲折而北過民地中央官水路達倉基河其間易於堆積故西南隅之田常有湮沒之患尤恐遲之又久逐漸改作勢必舊跡無存矣爰詳述之以告諸來者

邵灣周圍計田二千餘畝其水道漸淤塞遇旱即荒乾隆四十一年里人張彥遠濬之未竣事而卒其子大經承父志復濬自南星橋至獅子浜又繞東至邱家堰計三里有餘開深一丈六尺廣四五尺遂足灌漑二千餘畝之田遇亢旱亦無虞

上下河水道總論　六里堰之水源自永安湖之上山有澗七十二道皆穴石穿根而下注匯爲湖惟長水澗爲最大湖水自閘而下注於中河形一橫而四縱如十字者四焉孫家堰堰水者也勿洩也混水閘洩於海者也今以海隄高故亦勿洩也於是衆流合而東趨於張老人堰閘入澉城濠焉城濠者上河也城東隔濠有長川弗入於濠其餘東南隅及城北之水皆合於濠而西行出日暉橋由六里堰旁之轉水閘以入下河而總會於張公橋港自此有經流焉有支流焉經流折而北行會於五河涇口以五水所湊而得名北出爛皮橋經十字港一分東行出金家橋一北行亂東浦漾出窰墩小橋以入於秦溪其支流逆而西行爲虞家墓橋大河涇（一名獨匯涇）之北爲橫涇河皆入愚溪橋港港西抵冉里山東出九曲八字橋皆北匯於浦漾入秦溪焉紫雲村之水源自紫雲山合海昌黃灣之水會於西安橋港邵灣村之水源自邵灣山馬駐橋仁和橋兩浜分受南西東三灣之水落星浜獨受北灣之水會於根竺大橋而二村之水皆至留家橋十字漾焉金水堰之水源自萏山之陰接金家橋水迤北出廣恩橋入於秦溪溪有十字漾大河堰之水源出隱馬山之陰楊山馬鞍山之陽凡南北陳灣之水及文溪塢之水合宋家浜

西會雪水港鹹塘河北出大步山小步山之間亦入於秦溪焉秦駐塢之水源自秦駐山南北兩澗合兩涵洞出租龍橋西行會長川而總會於石鼓橋其支流由白洋河循海而北一十八里至邑城東南鮑家橋入於城濠其涇流西行抵豐山一循山之麓而北一循山之東橫行過西至通元鎭古皆謂之秦溪至元嘉禾志稱鐫石秦溪二大字於法善寺前今石不存東西橫亘十餘里故正南東南西南三方之水源出自山者無不統於秦溪焉

堰壩　閘座

六里堰此地上下河高低懸絕故築堰基前志不言築於何時明萬歷間知縣李公當泰創捐修復朱心泉於堰底創設瀛洞蔽之以門平時扃閉不漏旱則開引下河之水以灌上河之田制甚巧妙吳中偉撰碑記立石堰上　國朝嘉慶二年里人集資重修

孫家堰相傳宋嘉祐間邑令李惟幾築圖經載捺鄉底堰三十餘所此其一也纔圖經云孫家堰堰水者也勿洩也向係土垻易于坍卸國朝道光四年知縣汪公仲洋以巨石固基水鮮滲漏

油車堰在西門外馬路橋東堰中河之水弗入城濠

顧家堰在南門外近中立橋處堰中河支浜弗入于濠

裘家壩在東門外一名中壩又名新河堰城濠之水勿入新河亦因地制宜也

滾水石壩在北門外顧家埭東此處本係官路後有人因地稍低私自開掘遂成溝渠與新河通流嘉慶六年澉人兩造爭訟蒙道憲袁公踏勘起築壩基仍留水道較行路減低二尺五寸爲限

長川壩在東北海塘一盡處此壩邑志未載起始考明百戶余氏家傳言初開新河時與白洋河一水相通後因河身淤塞南高北下新河水無停蓄蕩田四千餘畝連年荒歉里人徐光治於天啓七年始起作長川壩以阻捺之倘値雨多水溢則開長川舖基以洩入下河

北湖大閘在颺山下悟空寺前

小閘在雞籠山下吳氏宗祠之左二閘並蓄永安湖之水灌田時絡續起板放入中河國朝知縣張公素仁鮑公鳴鳳任公澤和相繼親勘修築並近湖閘

張老人閘在西門外城濠之西蓄中河之水水溢則啟板放入城濠

轉水河閘在張王廟側關蓄城長河之水水溢則啓板放入下河

以上四閘司事者愼持管鑰啓閉以時水淺則扃閉不漏水溢則啓板有分寸不可多放所以節宣水利也向來管理苦無經費嘉慶年間朱笠漁創議

與諸同人勸捐資助湖閘鎮田

大窯湖閘在長山灣內明朱心泉建置啓閉以時一如永安湖閘

大河堰　金水堰　王家堰蓄惹山陽田原之水弗入下河　石涇堰蓄惹山北溪澗之水　李家堰向有橋通水今淤塞平爲路　楊家堰今築橋通水　姜家堰今築橋通水　八楞港堰今築橋通水一名盤渡堰　勝家廟堰在通元市西南今通水

土產凡舊誌已載不復贅

蠶豆產豐山佳　薑新芽若指名紫芽薑　山藥　百合白花者味甘而香名檀香百合　筍產古杏山色香味俱絕名蘭花筍　蕈春生名松花秋生名寒露　馬蘭氣香性涼　西瓜　南瓜黃癩皮者味甘膩且香　檇李有爪痕　楊梅並產邵灣山　菱芰四角而色紅產通元鮑郎浦　野蓮芡產永安湖　蘭產秦駐山香更清幽　夜合產巫子山　樹蘭葉類桃四月開花大如珠其口如瓶旁有四小葉色淺綠　戎葵　老少年　藍　淡巴菰　半枝蓮產鷹

窠頂治蛇螫　壽星竹　鳳尾竹　札山看火　叫天子　子規　獺　桊花　魚鱘鰉　少陽魚　呼炙　鰕肚　沙虎產秦駐塢形小如錢以鹽酒漬之殼軟而味甚香美　茶產鷹窠頂類武夷產木山名雲霧　澹牛乳　烘鰕　酒發鰕

澉水新誌卷一終

澉水新誌卷之二職官門

自五代迄明官斯土者舊誌或詳書或散見尙未能賅備茲就所知者爲補錄之

五代吳越

屠龍驤澉川鎭遏使

宋

文及翁 史宅之 陳肖孫竝太守節制澉浦金山水軍紹定嘉熙咸淳中 胡全澉浦統制降于董文炳元至元十三年

汪元圭婺源人嘗獻軍國十策特補承信郎監澉浦酒宋末

元

哈剌䚟哈魯人至元十二年統水軍從海道攻宋戍澉浦海口後克沿海經畧使進兵福建廣南多其功終浙東宣慰使贈鞏國公謚武惠

隋世昌棲霞人涉獵書史善騎射身長八尺鍛渾鐵爲鎗重四十餘斤能左右擊刺累戰功至宣武將軍至元十四年進安撫使佩金虎符鎭澉浦十七年以獲海賊功進安遠大將軍卒封定海郡侯謚忠勇

趙貢亨字文甫冠氏人襲父職爲行軍千戶以平宋功進宣武將軍至元十四年盜發澉浦貢亨時授處州路總管府達魯花赤未行間行省檄爲招討使率兵討平之後終處州路管軍萬戶

楊發先世居浦城以軍功土著澉浦父春宋武經大夫發初仕宋官右武大夫利州刺史殿前司選鋒軍統制官樞密院副都統元初內附改授明威將軍福建安撫使領淛東西市舶總司事卒贈懷遠大將軍池州路總管輕車都尉追封宏農郡侯子梓嘉議大夫杭州路總管致仕節俠風流尤善音律卒贈兩淛都轉運鹽使上輕車都尉追封宏農郡侯謚康惠梓子耐翁楧耐翁少中大夫淛西道宣慰同知改任海道都漕運萬戶楧散武

校尉贛州路同知知寧都州事楧子友直字元坦倜儻多才好學不倦官至常州通判吳元年籍沒遠徙

陸桂字廷芳以修職郎監秀州蘆瀝催煎鹽場協贊杭州路總管淛西宣慰使楊梓保障澉川民感其德卒葬澉浦東塘

金汝礪鮑郎場鹽司令

明

澉浦所軍職董誌所載事蹟視圖經較略因未任澉無容贅補嘉靖丁巳以後悉本圖經備錄

正千戶 一員

楊承勳 後鑾 傳承恩州金名顯廷獻

副千戶 四員

于守爵 後誼 勦倭寇累功陞本衛署指揮同知子時保襲千戶傳國柱李憲 後皐 傳國卿時芳經國祚

李景 後興旺 傳璁正華逢春

石鑾 後玉 傳渠萬鍾如鋼

百戶 董誌云見在十八員余雲史章俱無傳絕祇存十六員

呂鳳 後得 嘉靖中同子爵禦倭於新塘嘴並戰沒崇祀英烈爵子繼忠襲陞千戶傳師望

趙淮 後祥 傳加仕承印廷用

馬聰 後福 傳勳化龍景揆之麟

王家賓 後玉 傳學詩之柱

劉璠 後成 傳瑛志伊志達鼎鉉

左天祥 後武 傳承明士奇

郎舜臣 後暹 傳一鵬舜儒一鳳

楊功過春後傳國昌接祖
胡寵會後傳允升宗憲
朱震臣成後傳時寵家麟家鳳
黃鍾子成後傳有光元亨元勳
郭舜卿信後傳允隆輔明
陳九洲壹後傳嘉言獻廷
姚岑祿後嘉靖三十五年禦倭於新塘嘴戰没崇祀英烈子思舜襲陞千戶傳
國龍大元
徐漢彬後傳應穀天麟
余勳壽後傳騰蛟建議開瀓浦上河軍民咸享其利傳仝金鵬舉鎮撫二員
陳經興後傳綸洪道大任
林忠景清後傳鳴鳳萬春

巡檢司

柯芬大田人天啓中

鹽課司

蕭士賢洪武二十五年開設馬出萃新河人天啓中

倉大使

李文桂瑞安人天啓中

周一誠應天府人武進士任浙西參將順治二年六月已送款陳洪範陽修戰守斷文昌橋收斬他盜多募家丁以自衛瀓兵以無餉譁轅門一誠擊殺數十人營兵既散瀓人乘夜入城一誠走追殺之黃泥橋

國朝

裁汰衛弁設瀓浦所千總一員屬海寧衛守備

劉永德宛平人武舉順治九年任

頡聖謨大興入將材順治十年任旋裁

順治二年創設副將一員駐郡城以偏裨分防沿海各汛十一年裁副將改爲遊擊十二年春移駐海鹽標下兩營守備二員左營駐防郡城右營駐防乍浦其千把各官分防七邑市鎭康熙八年題定右營守備駐防乍浦左營千總一員駐防澉浦派定目兵二百九十五名分防沿海臺寨一十七處總計游擊標下五十年總督范時崇題改遊擊爲副將駐劄郡城移中軍守備於海鹽馬步兵丁一百七十五名澉浦所千把總一員馬步兵丁一百名雍正七年改中軍守備爲左營守備嘉協添設中軍都司一員左營守備轄屬石門桐鄉澉浦新盛濮院千把各員

按宋時澉浦監鎭兼攝鹽場官長來蒞是邦關市徵榷斥鹵課程素稱繁劇嘉定年間詔下鎭官兼烟火公事免以鹽場繫銜遂畫然分爲二職焉又有舶門酒官木官司警等職分班佐理設官可云盛矣元承宋後改設總管經歷知事提控案牘諸職備員任事不減前朝又有浙東宣慰使僉都元帥世襲厥職招商雲集繁盛甲於諸方蓋亦地運使然也明初禁海築城市井蕭條迥非昔比除軍職戍海外惟設巡檢司鹽課司倉大使而已

國朝革除前明軍職設立澉浦汛把總一員鮑郎場鹽大使一員把總以下派定兵目守城守寨外委分守沈蕩鎭防衛綦嚴此嘉協左營之官制也

自營制更定之後東門外　青山寨　黃泥寨　姚官寨　大步門寨　秦山寨　三澗寨　二寨　大寨　落水寨悉屬邑城守備管轄

道光九年甘肅增兵澉浦汛奉裁兵丁四名二十四年爲保護海疆善後事奏請添設水師一營澉浦汛又奉裁六名按伊郡志新纂戰守兵丁八十九名與前所載馬步兵丁一百名不同未詳何年裁減今留現額兵丁七十九名

澉浦汛把總營制

把總一員俸銀一百四十八兩養廉銀五十兩草稈銀三十六兩冬季借司庫銀三十八兩冬季借司庫銀于次年俸內銀作三季扣除　外委一員分防沈瀉鎮　銀三十六兩米三石六斗馬兵二名每名歲給銀三十六兩草稈運　米三石六斗冬季借司庫銀二兩戰兵二十四名弓箭二名鳥槍十五名籐牌七名　每名歲給銀十八兩米三石六斗冬季借司庫銀一兩五錢守兵五十二名弓箭八名鳥槍二十六名籐牌八名旱片刀四名水片刀一名帖寫二名字識一名轎夫一名在副將轅門當差征磨一名在嘉興管兵器　每名歲給銀十兩八錢米三石六斗冬季借司庫銀一兩

公署　在東門內大街　頭門五間　儀門　前廳五間　廳後東西廂房六間　後廳五間　頭門外東首兵房三間　大巡船一隻　小巡船一隻

紅衣炮七位　一千斤炮四位　五百斤炮三位　大馬蹄炮三位　道光二十一年奉巡撫劉韻琦將一千斤鐵炮一位調赴鎮海二十三年因防堵黃道關海口極其衝要不敷應用經署千總張靑選稟請各憲添撥一千八百斤平夷鐵炮三位又請本協添撥右營七百五十斤紅衣鐵炮三位　演武場　在南門外計六十三畝九分九厘六毫周圍二百五十丈七尺今水師營衙署建造此地

將臺一座　炮臺二座南總寨一座西山角一座

寨堠　東拱寨　平洋寨　西山角寨今郎黃道關海口　總寨　渾水寨　大葫蘆寨　小葫蘆寨　小山寨　廟山寨　每寨皆有烽堠舖舍　東門舖十里至長川舖十里至藍田舖交十四都界西門舖十里至譚山舖交海寧州界東西門舖兵各三名每名銀六兩

職名歷來掣籤更換汛守無定不能備載

胡起蛟嘉慶間　邵棣尃嘉慶間　傅光霖道光間

許萬靑道光間　張靑選道光十三年仕

海防左營把總既設復裁前後異制

澉浦汛把總一員每年額支俸薪養廉并馬乾銀一百二十五兩零米一十四石一斗六升零額設兵丁七十九名每名月給戰兵銀一兩四錢五分米三斗守兵九錢七分米三斗爲專管海塘設攷海甯縣志雍正十一年爲海溢侵入內地題設陸營員并分爲十三汛澉浦汛其一也屬兵備道標下駐劄泰山司城建造營房七十八間沿塘堡房六座協防外委一員駐劄澉浦東門內新建營住房一十八間今俱坍廢

職名

胡　琮（山東濱州人雍正十二年任行伍十三年調任）　薛尙智（山陽人雍正十三年任行伍乾隆五年陞任）

李　芬（仁和人乾隆五年任行伍）　武定國

乾隆一十九年奉文裁塘工員弁二十二年奉文復設二十六年更改營制分爲六汛而澉浦汛把總亦在就裁之列自後澉浦塘工歸併鹽平汛管轄今鹽平汛塘工西自譚仙嶺起東至金山縣止把總駐海鹽外委駐乍浦

澉浦黃道關復設水師營制

道光二十一年暎夷擾甯波犯乍浦有窺武林之意而澉浦南門外之黃道關濱臨海口爲省城門戶宜嚴加防禦於二十四年經巡撫劉韻珂奏奉

諭旨添設水師營設都司一員月支俸薪心蔬馬乾銀十五兩七錢八分二厘（小月按日扣除）歲給養廉銀二百四十兩千總一員月支俸薪馬乾銀六兩（小月按日扣除）歲給養廉銀一百二十兩把總一員月支俸薪馬乾銀五兩（小月按日扣除）歲給養廉銀九十兩外委一員歲給養廉銀十八兩餉照戰兵數額外外委一員不給養廉餉照戰兵數戰兵九十名每名月支銀一兩五錢米三斗（小月按日扣除）守兵二百十名每名月支銀一兩米三斗（小月按日扣除）巡船三隻四季輪流派千把帶兵出洋巡緝會哨建都司衙署一所左右建千把署各一所環繞兵房七十五間另設演武廳三間後廳三間左右廂房各二間外營房三間火藥房五間鮑郎場鹽大使金宗塨監工建造（此項官員兵日係內地大荊盤石等

營裁汰移建　按陸營水師軍政並重當南宋時嘉泰三年始置澉浦水軍邢公子政建立美固堂路公鈐鑿黃道山水池皆以水師著績者也元初定兵制於澉浦設中萬戶府管軍五千以上達魯花赤一人萬戶一人副萬戶一人鎭撫二員鎭重官盛終元之世無海夷患明初倭變猝乘設立正千戶一員副千戶四員百戶二十員更番出洋戍海不立水軍之兵實符水軍之制也成宏而後罷軍所之戍海者其時諸弁寖尙文教罕言軍政至嘉靖中倭變大作於是募民爲兵設陸兵一營（郎令陸募營）水兵一營（郎令西山角黃道關）改備倭把總爲欽依以都指揮體統行事遇汛率領旗兵輪番出哨羊山許山等處汛畢各船回守本關此故明黃道關軍戍之大略也

國朝順治十二年革除軍籍員弁康熙八年設立澉浦汛千總一員派定目兵分守堠寨內地營制備矣而出洋戍海之典缺如也考伊郡志云澉浦白塔巫子二山乍浦水師兼轄未有專職茲於道光二十四年澉浦黃道關復設水師蓋本向時巡哨之制因也非創也

職名

都司

葉舞墀（黃岩人千總道光二十四年署任）　王廷鰲（定海人守備道光二十五年署任）　羅朝輔（黃岩人道光二十九年任）　王維鏞（黃岩人世襲雲騎尉咸豐元年署任）

千總

王廷豹（定海人道光二十五年任）　丁安邦（道光二十七年署）

把總

丁安邦（平湖人道光二十六年任）　孫福昌（錢塘人道光二十七年署）

劉文敏（鎭海人武舉道光二十八年任）

譚仙嶺築城記略

澉浦沿海官塘北達乍浦西經譚仙嶺直抵杭州一晝夜陸行可到前明倭寇

犯境由此過海甯界下錢塘江爲害不淺道光二十二年四月洋人英吉利兵船攻乍浦分隊而來意圖進取行抵海鹽白馬廟其酋墜馬死遂退二十四年巡撫劉韻柯（珂）籌備海防揆度形勢爰築石城高一丈二尺周圍七十丈二尺內建礮臺兩座官廳五間營房十間設兵固守以絕匪寇進攻之路誠良策也

鮑郎場署　古在本鎮通江橋側有秀野堂前明遷出水關門外臨河以便撥船門道官廳廨舍並倉屋共計四十七間右有分司廳

國朝因之當乾隆朝官員涖任公廨猶存迨嘉慶以來廳堂棟宇日漸傾頹祇遺廢址道光十四年詳明立案現賃民屋辦公

職名

王佳梭 原任大使順治二年任歸順劉委　范士英 翼城人順治十二年任吏員

趙良璧 宛平人順治十五年任吏員　王泰亨 博野人康熙二年任吏員

劉啓相 滑縣人康熙十三年任吏員　李定本 韓城人康熙十七年任吏員

李明良 山海關人康熙二十五年任吏員　祝延齡 醴泉人康熙三十二年任吏員

申執中 垣曲人康熙四十一年任吏員　林顯耀 通州人康熙四十九年任吏員

馮起銓 順天人康熙五十年任吏員　唐宏勳 陝西人康熙五十一年任吏員

楊自俊 宜君人康熙五十一年任吏員　呂賢臣 晉州人康熙五十二年任吏員

葉顯臣 順天人雍正二年任　王一元 宛平人雍正三年任

劉志仁 饒陽人雍正六年任舉人　倪志本 桐城人雍正七年協理

汪天來　陳式 並雍正十一年協理

陳光裕 錢塘人雍正十一年協理監生　楊遇時 雍正十一年協理

張原 宛平人雍正十二年任監生　陳莘 雍正十二年協理

李溶 金壇人雍正十二年署監生　俞維墉 雍正十三年協理

莊楚寶 武進人乾隆元年任監生縣丞　石山 宿松人乾隆元年協理監生

李世珠（球） 乾隆元年協理　鄧日璉 荊門州人乾隆二年任貢生

翁晟 乾隆二年協理
胡儋 鎭海人乾隆三年署舉人
朱景襄 乾隆三年協理
蔣蟾榮 乾隆四年協理
張中善 大興籍汾陽人乾隆五年任吏員
章堯仁 會稽人乾隆六年署監生州同
田開 德州人乾隆九年署拔貢
成師灝 乾隆十三年任
王起龍 乾隆十四年署
王逃裕 乾隆十五年任
李興讓 雲南人乾隆十八年任舉人
王文郁 乾隆十九年署兼署海沙場
方瑽 乾隆十九年署
王錫位 貴州人乾隆二十一年任舉人
王紹統 乾隆二十三年署批驗所大使
蔣照 常熟人乾隆二十四年署監生
楊泌 乾隆二十六年任
宋成綏 長州人乾隆二十七年署監生
湯埈 江南人乾隆二十八年署舉人
王序端 奉天正紅旗人乾隆二十八年任舉人
佟士苞 乾隆二十九年署
曹世顯 乾隆三十二年署舉人
吳士英 上海人乾隆三十三年署舉人
虞紹麟 奉天正黃旗人乾隆三十四年任
查涉 嘉善人乾隆三十六年署監生
沈成元 青陽人乾隆三十七年署貢生
夏朝棟 吳縣人乾隆三十八年署
漆洛美 新昌人乾隆三十九年任監生
四德 奉天鑲黃旗人乾隆四十年署舉人
金德厚 吳縣人乾隆四十年署監生
司馬腴 江寧人乾隆四十三年署監生
陸宗鎬 昭文人乾隆四十四年署監生
李名世 江西人乾隆四十四年署
路鐔 漢陽人乾隆四十五年署監生
張永銓 吳縣人乾隆四十六年署監生
李浩 奉天鑲白旗人乾隆四十七年署舉人
吳焯 江陰人乾隆四十九年署監生
陳德純 姚川人乾隆五十年署舉人
徐綬 奉天正藍旗人乾隆五十一年任監生
張增 桐城人乾隆五十三年署
孫永祺 吳縣人乾隆五十五年任監生
金瑄 宛平人乾隆五十六年署吏員
張珩 通州人乾隆六十年署監生
沈成均 元和人嘉慶二年署附監
任紹濂 宛平人嘉慶三年署附生議敘
張麟經 景州人嘉慶三年署監生
董和培 奉天鑲白旗人嘉慶四年署舉人
劉魁 桐城人嘉慶六年署舉人

德恆 內務府正白旗人嘉慶十年署舉人
費槐墀 吳江人嘉慶十年署議敘
張星焯 山西解州人嘉慶十年署監生
王愉 河南固始人嘉慶十年任監生
韓廷楷 大興人嘉慶十一年署監生
張貽燕 奉天鑲黃旗人嘉慶十三年署監生
楊棠 江西新城人嘉慶十五年署監生
闞光朝 湖南桃源人嘉慶十七年署監生
李蕙 丹徒人嘉慶十九年署附貢
明安 奉天鑲黃旗人嘉慶二十年署監生
黃荃 桐城人嘉慶二十年任監生
陳尚邵 江西崇仁人嘉慶二十二年任監生
徐日照 大興人嘉慶二十四年任監生
趙新 江西南豐人道光二年署貢生
汪熢 林寧人道光二年任監生
姚昀 江西南昌人道光五年署貢生
黃道豫 福建長汀人道光七年署監生
章道基 安徽績溪人道光八年署附貢
周曰堅 江蘇太倉人道光十二年署監生
金宗塽 吳江人道光十四年任國子監典籍改
劉克壯 懷寧人道光十六年署監生
陳延祺 江西人道光十六年署經廳
秦封 廣西臨桂人道光十九年署監生
李承光 龍溪人道光二十年署兵馬司副指揮改

王劭定 陝西人道光二十三年署
胡樹楠 江蘇丹徒人道光三十年署監生
徐鍾桂 江蘇吳縣人咸豐元年任監生

澂水新誌卷二終

澉水新誌卷之三隄海門

海塘

鎭之東南西三面瀕海爲三江之尾閭賴有秦駐山青山長墻山葫蘆山西山脚環立海口石趾峙出潮勢至此而殺是誠天造地設之海塘也然游潮湧入內河田禾受害古人築土塘以捍之自西山脚至長墻山靠海土塘一千五百三十丈自長墻山至青山脚止小塊石塘二百十八丈五尺自青山脚至秦駐山止土塘二千二百二十二丈秋汛大潮或一到塘趾焉惟西海裏土塘最低每値極大潮汛潮湧過塘流入人家有二尺餘水異常危險亟宜加高塘面補塡塘缺以杜衝入之路

請禁長墻山採石 乾隆二十七年

具稟生員周玉濂爲石保長墻懇飭諭移鑿以救生靈事竊澉浦有龍尾石峰在長墻西嘴一山浮海禦潮因思海潮洶湧從黃盤洋起汛直抵乍浦湯山一

當再至秦山橫截相峙起至長墻巫子要門更甚墖山港狹潮急全賴龍尾石峰直衝抵敵潮勢直復東行澉浦生靈賴此安全關口船隻賴此停泊損去一尺潮湧丈餘民皆昏墊康熙四十三年業有故聞若無此石南衝上虞北衝海甯綿亙數百里船隻難停不但客商難以往來即澉川數萬頃竚見化爲滄海矣況潮勢直奔墖山全無阻礙即令興工修築之塘石塊難停亦加妨害蕩戶石工不思緊要不通業戶無知私鑿殊不知鑿石修塘本以救民今棄現禦之塘峰築未成之石塘彼未見利此已受害事關重大理合呈明 縣主太爺飭諭蕩戶石工石滿羣山隨處可採移鑿別方無傷要石保全萬民公侯奕禩上具 按是時邑令沈全達移文左堂雷親臨踏勘申詳批准永禁在案

永禁葫蘆山採石

伊郡志叢談門曰澉浦介海鹽海寧之間三面瀕海一線土堤向無石塘而幸免潮患賴有高陽山颺山葫蘆山長墻山青山秦駐山環峙海口足資捍禦乃

乾隆五十七年間有蕩戶承攬海寧塘工於葫蘆山開採石塊剷斷山嘴海水盪進沙塗坍卸至今私鑿不已伏讀

御製海塘記云南岸紹興有山爲之禦故其患常輕北岸海寧無山爲之禦故其患常重是海口之山俱關保障以山捍海即以山爲塘況葫蘆山嘴名獅子山者形如挑水壩尤關要害所當查照雍正八年禁止湯山採石之案一體請禁以懲射利蕩戶貽害地方民生幸甚

永禁秦駐山採石 道光十三年

知縣江（名思濬）爲出示嚴禁事據紳耆等稟稱切防海之秦駐山遭奸徒胡景龍等漁利妄爲始賣浮石繼思瓶開石宕經紳耆等歷陳利害立卽提犯懲治燎原之火得早撲滅惟查首惡胡景龍實係倡始奸慝前曾挈伴往省並至海寧工所鑽謀成交盤費出伊一人妄思充當宕戶之頭計船分肥以爲利藪今被兔脫未受法懲恐貪念未絕山雖不敢擅開或潛往海寧工所與所識營私之

人商生滋蔓亦未可定紳耆等思杜後患叩請給示諭禁等情到縣據此查秦駐山係天造海塘載入邑乘永禁開採胡景龍等胆敢私取石料業經訊明懲處在案茲據前情合再出示嚴禁爲此示仰該處居民及地保人等知悉自示之後如有不法棍徒希圖漁利敢于該山私取石料許卽稟縣以憑嚴究斷不姑寬各宜凜遵

永禁高陽山黃沙塢採石 道光十五年

知縣侯（名承誥）爲嚴禁黃沙塢創開石宕幷飭議禁葫蘆山採石事據澉浦紳耆等本邑東南濱海自秦駐山至高陽山下僅用土塘全賴秦駐山青山長墻山葫蘆山颺山高陽山等六山互峙中流層層抵禦始免潮勢衝突是此跨海六山乃天生不敝之海塘斷無開鑿之理乾隆年間曾被山戶鑿石私賣後值海寧塘工效尤人衆遂成石宕自鑿斷獅子山後潮勢斜衝西團海塘坍毀過半秋汎風駛居民震恐利害詳載郡志其餘五山從無敢覬覦採鑿者道光十三

年冬有胡景龍等思在秦駐山開宕經該所紳耆等查覺稟蒙前主江提懲示
禁在案本年六月十四夜潮借風勢越塘西海獨甚根究其故駭在高陽山灣
内黄沙塢等處又被無知射利惡棍私開石宕已非一年該處灣深路險人跡
罕到惡棍等狂稱現係
欽工逢山開山見石採石誰敢攔阻以致近地居民無敢言泚伏念塘工需石
斷無命拆生成之塘以供歲修塘工之令且一山可開勢必山山可開前年獨
禁秦山何以折服頑愚查人地俱隸灶籍就近稟聞場主飭傳曉諭業據自悔
具結但恐不受法懲難免陽奉陰違爲此迫叩伏賜嚴示差諭立止黄沙塢叛
開各宕至葫蘆山每日疏鑿私賣船運難再坐視容卽妥議封禁章程呈請詳
準永禁以杜後患等情到縣據此除批示外合行給示嚴禁爲此示仰該處居
民幷開採宕戶人等知悉爾等須念跨海之山以山爲塘自己身家所在豈可
止顧目前小利致貽大害此示之後如敢再在黄沙塢等處開採石塊者查出

定卽拿案從重懲治至葫蘆山既係抵禦海潮緊要之處該地紳耆應卽會同
妥議章程候詳情請
憲示勒石永禁以固保障均毋玩視凜之愼之

澉水新誌卷三終

澉水新誌卷之四水利門

水道總論

澉境高阜不通下河最上永安湖其次中河又次城濠及長河又次新河惟西境之六里堰下東境之長川壩下則爲下河平水矣此古人閘堰之設所謂因地制宜以時蓄洩也

許九杞與嘉興林別駕書

陳少尹承命來視湖田蓄洩事宜聞之父老永安湖田灌水頃畝尺寸有限故昔人遠慮刻石以杜後變若欲決破數百年舊防而濫溉下流之土自此歲歲雨病必難兼濟矣此端一開利害所迫海民亦且日尋鬬訟不遑寧居茲因父老搴石奉達惟仁人揆勢詳定以杜民患幸甚薄田絕無仰湖水者居民地知民害不敢不告秋成目睫亟遣荼足之民歸農不勝大惠

董漢陽與鄧文岩別駕書

日者上謁蒙諭以澉浦開河一節此實千載之奇逢一方之大幸自古循良未嘗不以講求水利爲第一義山林病夫忍死以觀盛事之成豈勝愿哉豈勝愿哉是議也昉於敬先劉先生虛齋祝先生繼以都諫張公方伯吳公而轂之不敏亦嘗受吳公之託經營於是且四十年矣而民可樂成難於圖始計小失大偷安幸免十年九旱屆納稅糧人民愈加貧薄變成魑魅之鄉而不知悔良可太息原夫正德十一年大旱澉浦千戶所具呈申上司其始欲開通六里壩周圍城濠并南北兩湖以禦旱患文卷具在而竟不行蓋由地方奸民懼妨己私百計陰阻以致好事難成轂因推尋水脈所言六里壩固宜開通但自城抵縣水路幾五十里其道迂遠後據海鹽古誌在宋名宦知縣魯宗道自縣治開通一十八里抵藍田鋪繼以名宦知縣李直養又自藍田鋪開通一十八里以至澉浦由是地方富庶比於杭城以後年久日漸湮沒而故道往往猶存詳其大勢蓋有二路其一自縣治南門外與福橋繆涇河南至巡檢司等處俱有舊跡

但加疏濬雖有當開去處俱是草蕩平地不傷民力可以直抵澉浦城河其一自縣治天寧寺前南至涇塘橋斜進至雪水港沿官山嘴以至澉浦城下俱有舊迹原呼爲魯塘河此卽是魯宗道所開者也不過一千餘丈卽抵澉河別無妨害但加疏濬卽便流通自此至縣水路止二十五里極又便益比之繆涇河開鑿又爲力省而功倍矣動支官銀不過數百金可以竣事顧小民無知惟圖延挨豈知一勞永逸之道今幸我公臨涖慨然有志於茲復欲以官銀召募則不日成之萬世之利雖鄭國白渠其惠何以加於此哉

又與楊秋泉參將書

夫君子之學用其心於萬事之中而置其身於萬事之外視萬事之於吾身也猶浮雲之過於太虛也視吾身之於萬事也猶勤子之經理其家也此之謂體用之學若徒崇尙淸虛談空說有而無實用在吾儒謂之死漢在釋氏謂之頑空豈惟晉人之風流卽宋人之理學亦多有之誠何益於事哉昨承諭開河事

此一城生靈之所係也功德孰有大於是者鄉先達圖之百有餘年而不遂豈固有定數乎但開深城濠可以拒賊而無益於城中之貧窘惟開深上河毁去舊壩使活水流通直進水門則糧運時至貨物駢集田無旱患居民殷實况因下爲功宜無難事比之疏濬魯塘故道爲力較易耳若倂開之使西通海寧東通海鹽則地力當大富恐山氓無此福耳眊昏不盡所云其詳載澉誌仰惟原照不宣

康熙二十一年五月　日奉

巡撫王（名國安）批　分守杭嘉湖道確查妥議詳報　分守杭嘉湖道右參議王覆看得海鹽縣所屬之澉浦所乃邊海孤城其城濠之水蓋藉以衞城兼賴灌漑者也但其地勢南高北低水流傾瀉故設立三壩創自故明原爲停蓄流泉可以隨地灌漑而有裨居民其歷年已久不意康熙十四年有黠竈等欲圖運鹽載薪之便假公濟私以濬河建閘開壩假揑紳衿公呈矇控前令申詳前

任撫憲陳致蒙批駁工用不貲樂輸恐涉私派復行府查議而黠竈等又以商賈捐資民竈助力誑府詳允然其時衆口喧啡難以舉行至康熙十八年間適值兵馬經過黠竈因統其族人掘開舊壩而各商竈亦未與聞也但其初議原爲先濬濠河再建石閘而後開中壩則濠水下流有所建之石閘爲之攔抵而不致盡洩今黠竈不濬上源之濠河不築下流之石閘而竟開中壩則上源之水絶流而下洩之水勢如建瓴直至新河傾瀉無餘於是濠水乾涸孤城無以恃險田畝焦枯窮民何以輸賦此澉浦士民所以有巨蠹循官殃民病國之控而紳衿亦有檢舉即鹽商灶戶等亦未嘗左袒於黠竈咸稱開壩洩水徒有害於民田而實無益商竈也今蒙 憲批本道確查妥議詳報此案前六月間曾據該府具詳議覆舊制本道業經洞悉其弊實係黠竈之利已妨人揑造公呈非由衆議已行令照舊塡築以利民田永爲遵守矣今似宜准照該府詳議每歲長川六里二壩無使有崩潰之虞其新河一壩仍應照舊塡築以復古制使

濠水不致傾瀉得以隨地灌溉民田而無乾涸之患則邊海之孤城既有所恃而農田而國賦均有攸賴矣緣 憲批查議事理合詳覆 康熙二十一年十月日奉

巡撫王批 如詳

勘復新河中壩碑記 康熙二十一年十二月立

邑人彭孫遹碑記曰吾郡萃山水之勝者惟澉浦地環山抱湖面海秀甲於東南然終以阻山故苦涸而民瘠其載在邑誌曰澉地南高北下築爲土壩以捺之原其上停爲永安湖湖有閘減水於中河以灌沿河之田又降而爲濠河濠西距六里堰東距新河壩瀦水以灌沿濠之田又東而爲新河乃故戶侯余騰蛟所鑿也久而河淤水不復存後更築長川壩其中十里皆草蕩向給灶煮海以地舄鹵水鹹不可灌故蕩稅之輸鹺司極輕蓋高下相因若鱗次云康熙十四年其竈之桀黠者謀曰盍潰隄引濠水以入新河則蕩悉爲腴產矣於是創爲濬濠建閘開壩之說以告於前令君而令君不察也爲之上請比得請遂汲

汲毀壩而濬濠建閘竟不行是秋蕩大稜田不登次年春民不堪命爭擔土石以塞壩而黠者又復以之怒令君令君曰溦民之妨命也如此復命毀壩民喙伏不敢爭二十年新令侯君下車民奔愬之侯君曰事在上爾其上訴於府衆因控於府府君曰噫其信歲庚申予以事至溦見濠底龜坼車馬從濠中行職是故也因登進兩造於庭而詰黠者曰壩止尋丈昔之人能開河而不開壩必有不可開者今爾以私意欲開之何不先濬築而遽開壩也黠者乃首服公乃具詳各憲請悉遵古制仍分三壩隨地灌溉毋壞昔人之規畫因列上其事於都憲王公都憲復下其事於守憲覆核而守憲王公更洞悉其弊具詳覆曰溦乃邊海孤城其濠非僅以灌田實藉以衛城濠涸則田賦既無所輸而孤城何以恃險該府議仍舊貫良是於是都憲俞其請而各憲亦俱如詳行焉溦之民自是得更生矣其長老寓書都門俾予記其事予觀古之善爲政者惟因與革二者而已因所當因則非襲陋革所當革則非咈情然非本之公忠之心未易

有此也今府君志在於利民而守憲則更慮及於邊海其公忠爲何如者昔漢召信臣爲南陽守爲百姓開渠溉田數萬頃民稱爲召父今二公不爲好名惟求復古迹雖異而心實同也使膠於古而悖於今豈所爲因革之當乎二公政在天壤又何待於紀述然紀之亦足以使後人知改作之未可輕議也乃重爲之銘曰誰與毀卒乃復緊我仁君錫之福濠以存民永寧口碑萬世逾貞珉

守憲姓王名永祚遼東鐵嶺人由貢監　府憲姓袁名國梓華亭人順治己丑進士其中詳覆核讞語暨各憲批允具載於碑　案續圖經所載彭孫遹碑記兩相協合近見郡志有不同處不知采輯何本覽志者不可不辨

勘復張老人堰閘　乾隆三十三年七月

糧廳雷　勘得溦浦之西有永安湖水以滋田禾向設有閘二座一在悟空寺前其二則張老人堰閘也二閘俱爲中河之咽喉流入城濠舊制原設木板啓閉今因人惑於風水之說竟私去木板用石堵塞設遇水大則迤南葫蘆山一

帶居民受害水乏則下流不能積蓄此紳士耆民所以請示禁約也敝廳親議該地細心查勘情形舊制原係木板且閘之左右皆有下板之石槽可據似應如所請仍用木板以復舊制並請出示禁約未便再任侵堵妨害田廬緣奉移勘擬合繪圖貼說具文牒覆伏祈　堂翁給示禁約仍用木板立案永遠遵行實爲公便爲此備由具册伏乞照牒施行

知縣韓　爲曉諭永遵事照得澉浦西門外張老人堰閘一座係永安湖及中河衆流東洩之咽喉向設木板啓閉以時庶於軍民田畝水旱賴以無患載在邑志豈容更張以貽民害是以前縣經示歷禁在案今據該處紳士耆民重向清理叩稟再行嚴禁等情到縣除委勘外合行示禁爲此示仰附近居民及坊保管閘人等知悉嗣後仍遵舊制設立木板以備啓閉有時倘有無知再肆侵擾混行堆積有妨水利致害田禾者許卽稟縣以憑拏究按律擬詳斷不姑寬各宜凜遵

勘復孫家古堰 乾隆三十四年

嘉興府知府李　柒月念五日勘稟前奉藩臬二司轉奉鈞檄內開水利事務澉浦所紳士耆民上控鹽邑孫家古堰開通改建閘座有無礙及民田水利等因批飭確勘下府令卑府赴鹽邑盤查卽親詣查勘該處坐落切澉浦城之西有永安湖週回十二里內田八千餘畝西南北三面羣山環繞其東南西南二隅斷山處土塘之外卽海海水不可爲田用也北面自東至西有長河一道勢如建瓴故築六里堰以阻之復爲轉水閘使曲流而入下河與長河高低懸殊離田亦遠勢必不能自下而上取遠水以灌田疇中央雖有三十字河縱橫七十二浜水無活源一遇旱年河乾浜涸田無灌溉是以昔日有田之家在於西隅田畝開築南北二湖以爲蓄水其湖之東設永安閘一座以爲啓閉凡遇旱乾之年開閘放水以資田畝祇因地勢東南高而西北低若順水之性則出自閘至八字橋折北下趨從王家橋直下入長河一瀉無餘其東南一帶水不能

到所以前人於王家橋河尾築孫家堰以阻其流使北水盈滿方得迴流到濠徐至東南之浜引用灌田此以水蓄水之法其或水多之時啓東南張老人閘洩入城濠從日暉橋折而復西由長河徐入下河總爲蓄水計耳蓋此處田傍山麓宜潦而不宜旱宜蓄而不宜洩前孫家堰改爲閘座自冬仍爲民人塡築即如今歲雨多水漲而現在該處田禾暢茂倍於往昔此明證也所有勘過實在民田水利情形繪具圖說先行肅稟　憲臺鑒核

巡撫永批　據稟已悉仰按察司會同布政司速飭遵照節次批示秉公查審妥議具詳由司會核詳奪

杭嘉湖道寧　勘稟本年十一月十三日準臬司關奉前院批司會詳水利事務澂浦所紳士耆民上控鹽邑孫家堰改爲閘座一案今職道遵於十一月廿四日自寧赴鹽查閱塘工便道勘得澂浦城之西有永安湖環繞地勢特高湖田約三千餘畝湖之東口有永安閘閘之下即中河較永安湖低五尺河水東注至八字橋分支其第一支折而西北趨者自王家橋至孫家堰而止堰之外即是長河較中河低五尺此即志書所云堰水勿洩者也其自八字橋而東南趨者有三十字河縱橫七十二浜周迴十有二里軍民田八千三百餘畝鱗次櫛比均謂之湖田是皆仰給於湖水以灌漑者也極東尾閭舊設張老人閘閘之下即城濠城濠者長河之上流也城濠淺而長河深從日暉橋流入長河步步下趨至六里堰而止六里堰之南舊設轉水閘閘與堰之下均係下河下河者四達之通渠也較長河又低丈餘湖河高低實在情形如此總之湖田八千餘畝皆依山傍麓地勢高阜水無活源全賴永安湖水放入中河以資灌漑而中河地勢東南高而西北低中河田畝東南多而西北少必從張老人閘出水則河水滿而後溢誠如該府所稟西北之水盈滿方得迴流到濠徐至東南之浜若從孫家堰出水則河水就近直出誠如該府稟稱順水之性折北下趨一瀉無餘則東南一帶水不能到此前人之定制所以於東南建閘於西北築堰

也業經照舊築堰相應俯准築堰以順輿情是否仰冀　憲臺鑒察施行

巡撫永批　仰按察司會同布政司確核詳覆

布政司雷 按察司曾 會看得孫家堰開通改爲閘座該地紳士以堰內之田凡遇天時亢旱湖水既由閘洩不能灌溉常遭荒蕪呈縣拆毀仍改爲堰二本司細閱繪圖復加查核孫家堰本屬官地自宋迄今永賴蓄水誌載堰水勿洩班班可考乂孫家堰所建閘座自二十四年以來與該地民田歷多不便至三十三年被旱尤甚此其明驗現在道府俱經親勘明確該地形勢宜蓄而不宜洩未便開堰建閘以致有害水利民田今該地民人已將閘座塡毀應請准其照舊築堰以順輿情是否仰冀　憲察批示飭遵所有繪圖一並呈送

乾隆三十五年二月初四日奉

巡撫熊名學鵬批　如詳飭遵繳圖存

永安湖德政碑記　吳懋政

永安兩湖之水琛如醴酏非時不敢輕洩乾隆二十四年有宦家惑於風水者將堰水之孫家堰改閘洩水民甚病之三十四年蒙　邑侯韓公何公相繼爲民請命蒙　府憲李公　道憲寧公秉公勘詳重復古堰十年疾苦甦於一旦蓋自是田無漏卮之患矣然水源猶未及議濬也按澉水誌湖田三千七百餘畝舊本是田後遂瀦之爲湖在當時本不甚深世代滋久陂陁圮壞水葑淤塞殆有日涸之虞亟須疏濬而當事每以工程浩大輒難之三十五年庚寅　邑侯鮑公下車慨然曰此而不濬吾民安有鳩乎爰召諸紳士民曉諭一切利害無不踴躍色飛　公乃捐俸倡先詳明　上憲按畝樂輸濬築中湖塘茅塘增加高闊重保障也永安大閘及西北隅小閘東南區張老人閘均加修築鞏固愼蓄洩也兩湖中間開濬引河接濟大閘便灌注也大閘下七十二浜諭令各佃開挑通支流也中湖塘茅塘扦種楊柳芙蓉烏柏等樹分段佃管並仿西湖之利蓄養公魚取息貯公以備修葺塘閘且爲逐年挑濬之費美風俗亦以計

經久也自是年九月興工至十一月竣工親臨七次戴星出入不辭勞倦　公之軫恤黎元抑何委曲而切摯乎嗟哉吾澉旱鄉耳改閘洩水澉之害也築隄聚水澉千百年未有之利也頻年以來害既除而利頓興是數公者皆大有造於吾澉而吾澉所沒世不能忘者也於是澉之民僉曰是不可不勒石以頌不朽惟是立法經久始之難終之亦不易今兩湖歲修之費全賴公魚而養公魚經營伊始必重典守之人愼經理之法杜侵漁之弊而後得取息存貯以收將來全濬之功其利無窮而其績殊未易竟也是更重有望於父母斯民者

道憲寧公名武立字正亭滿洲正藍旗人　府憲李公名允升字季猶陝西長安人　邑侯韓公名本晉字桐裔山西太原人　邑侯何公名肇灝字澣滄福建甌寧人　邑侯鮑公名鳴鳳字竹亭安徽靑陽人

海鹽縣知縣任　稟稱勘得澉浦迤西環山負海中有屯田民產八千三百餘畝向賴永安湖灌漑且有隄閘以時蓄洩自乾隆三十五年挑濬以來湖身日

就淤塞若再因循勢必漸成平陸中湖塘長五百餘丈茅閘長六百餘丈係經由海昌大路亦俱坍卸低陷不特天晴無以瀦蓄農民盡力無由若遇大雨堤沒水中即行旅亦有病涉之苦該處湖隄允宜亟爲濬築奉　嘉興府知府伊名湯安批據稟稱濬築永安湖隄閘俾澉浦一帶屯田民產均資利益殊堪嘉尙仰卽飭令首事乘此農隙之時亟爲經理並禁書差地保不得干預滋弊會次年正月大雨水滿湖未果開捐資修築湖閘四座

勘復顧家埭官路詳文　嘉慶六年

縣詳九月初一日據該典史黃學溫詳稱切蒙發澉浦民竈等原被各詞卷下職遵卽帶同畫工親詣控爭處所勘得新河竈戶所控城河士民拆橋築堰處所係在澉浦所城北門外位坊顧家埭地方顧姓住屋東南有大路一條路東係竈蕩路西係民田路東有小浜據兩造僉稱是新河支浜路西有小浜稱是城河支浜惟中間石路一條據竈戶卽指爲是拆橋處所而城河士民俱稱向

係官路實地因夏間被黠竈掘洞放水故此加土修築卑職細加履勘並無橋面橋樁形跡復又細閱城河河身高於新河數尺若爲城河蓄水之計似難流通復查竈戶詞控拆橋築堰之處橋名穆家橋離顧家埭約有一里其橋現存並未拆毀繞道勘至東門裘家壩城河地形實係極高且詢伊水無活源城河萬畝民田全賴堰壩關蓄得以灌溉又據稱新河蕩產有千餘畝向來祇種荳麥不辦正糧每畝僅完場稅二分二厘且有長川壩蓄水足資灌溉所勘顧家埭情形確與裘家壩無異等情繪圖貼說議覆前來卑職細加察核兩造控詞俱各指爲風水起衅但事關水利農田彼此無容稍存私見因查所呈家壩裘碑摹內載澉地南高北下築爲土壩以捺之俾得隨地灌溉又云澉乃邊海孤城其濠非僅以灌田畝實藉以衛城濠涸則田賦既無所輸而孤城何以恃險是以奉　憲復築勒石永遵在案若現在顧家埭石路之處果係與新河相通則從前裘家壩竟可無庸贅設又檢查卑縣誌乘續圖經載澉浦水道云城濠

者上河也城東隔濠有長川弗入於濠其餘東南隅及城北之水皆合於濠而西行出日暉橋由六里堰旁之轉水閘以入下河等語查長川即係新河既稱隔濠又言弗入顯係隔絕今既勘明城河之身實係高於新河且並無拆橋確跡裘家壩既經築斷顧家埭自無通理至續圖經四處互異而核之經文明載城北之水會而西行出日暉橋則顧家埭亦並無減水其城濠之水祇由六里堰旁一處轉水閘以入下河更屬顯然又查新河另有長川壩關蓄足資灌溉同屬無源之水自應照循舊例各障高下之水各灌高下之田奚任徇私滋訟除飭着兩造各將本處堰壩逐年修築以資潴蓄毋許更易舊章致多妨害一面遵取完案外並城河士民請詳　憲立案勒石永遠遵守卑職因念水利農田有關地方要務擬合據情錄案繪圖貼說申詳仰祈　憲臺察核俯准立案實爲德便

巡撫阮名元批　此案據該縣具詳查閱所送碑志圖說城濠之水非僅以漑田

澉水新誌卷之五課稅門

鹽法

國朝竈丁三千一百四十一丁額產鹽五百一十萬七千五百斤配銷嘉所正引二萬二千五百道蕩地埻埰倉舍團基竈山蘆薪共一萬五千九百七畝一分二釐二毫四絲八忽海灘四千三百五十弓一尺二寸

舊聚團額 共一十九團一百五十九竈

現煎團額 共二十團一百六十一竈

頭團十竈 軍團六竈 常州團六竈 新團六竈 北備團九竈 北正團十一竈 東正團九竈 東寨團六竈 周家團七竈 顧家團七竈 湯家團十六竈 小海團五竈 總寨團五竈 老舍團四竈 中立團十竈 金塘團十一竈 寨前團十一竈 長山團四竈 李家團十一竈 李備團七竈 伊郡志曰按塲境西至黄沙塢東渡葫蘆山東南至長牆山爲南團自小海團青山北達周家舍爲西團又北達東正團爲東團又北極於秦駐山爲北團折團內而聚落之列爲團圩者二十二又按本場審定竈丁三千一百四十一丁自宋時官給鹵地山蕩於明於國朝歷奉清查計丁均配南團七百八十五丁東團六百三十六丁西團七百三十九丁北團九百八十一丁

場地　本場海灘竈山草蕩向給竈戶樵採計丁徵課雍正三年奉文丁歸地徵將丁課勻攤于原額海灘竈山草蕩之上計弓按畝完納共徵丁課銀三百五十兩八錢七分七釐七毫九絲符合本場原徵丁課之數 計每丁徵課連珠車銀一錢一分四釐 其餘原額熟蕩及新墾蘆薪等地畝陞稅照舊徵輸

本場原額海灘四千三百五十弓一尺二寸課蕩一萬二百九十畝三分四釐七毫五絲二忽 內原額海灘四千三百五十弓一尺二寸徵丁課銀二百四十七兩九錢七分四釐 原額竈山六千六百九十一畝一分九釐五毫二絲二忽徵丁課銀六十六兩九錢一分九釐 原額草蕩三千五百九十九畝一分五釐二毫三絲徵丁課銀三十五兩 九錢九分一釐

本場各則稅地七千六百二十七畝八分三釐一毫八絲六忽四微 內原額稅蕩四千五百五十四畝九分二釐徵課稅銀九十四兩二錢八分六釐 埻埰二百二十畝徵課稅銀一十一兩四錢一分四釐 蘆薪一百九十九畝二分徵課稅銀一兩九錢九分二釐 團基五十五畝六分 五釐徵課稅銀一兩三錢零五釐 倉基一十四畝四分五釐徵課稅銀八錢 巫子山四十二畝徵課稅銀四錢三分五釐 丈報新墾及加陞熟蕩蘆薪埻埰倉基山等共二千一十一畝七釐共徵新陞稅銀一百二十七兩七錢三釐

本場續陞草蕩熟蕩亭埰蘆薪坟山等地畝共一千五百一十三畝一分七釐九毫六絲三忽六微八纖（按前項續陞地畝即在原額草蕩竈山等蕩內陞墾輸稅故現額畝分與原額同 又按新陞稅銀自康熙六年起至嘉慶二年止謹依兩浙鹽法志）

本場額徵備荒銀（即雜餉銀）三十一兩六錢四分二釐（內原額備荒埠埰五百一十八畝五分四釐八毫四絲四忽徵銀三十一兩一錢六分二釐 黃沙塢備荒埠埰一十六畝徵銀四錢八分）

以上額徵正課銀五百四十六兩七錢二釐額徵備荒銀三十一兩六錢四分二釐

二共銀五百七十八兩三錢四分四釐（又正備銀每兩隨徵滴珠銀一分車脚銀七釐）共該徵（珠車）銀九兩八錢三分四釐

通共合徵課稅銀五百八十八兩一錢七分八釐

鍋盤 一百六十一副（每竈鐵盤一面鍋二口）

鹽斤 每鹵一擔成鹽二十五斤

倉廒 二百六十六間

掣期 一年兩掣每歲夏六月一掣冬十二月一掣

例限 本場各商齎領引目下場入場例限五日（各所季掣引目先期編定鹽道印給單引各商齎領下場買補單貼入場以此爲限）出場例限九日（各商在場買補既定運鹽聽掣並以號票實塡出場之日爲始以此爲限）

運鹽有二道團在南者由六里堰過壩經通元港黃道河至歟城團在北者過長川壩經黃油車海鹽塘至嶼城巡鹽官遣役就歟城盤驗赴嘉所掣

關榷

澉浦黃道關稅務宋元最盛自明時禁海關遂廢 國朝康熙二十三年臺灣既入版圖海氛盡殄乃遣巡海天臣弛各處海禁通市貿易二十四年部議覆准浙江照閩廣例許用五百石以下船隻出海貿易地方官登記人數船頭烙號給發印票令防守海口官員驗票放行建海關於寧波府鎭海縣凡爲口址十五頭圍口黃道關其一也時弦風舊址無存因於南門外鴛橋南

賃民房爲收稅之所離關署七百里海關監督自康熙二十五年俱差部員至六十一年始命巡撫兼理雍正元年以後題委道府護理頭圍口向係海關遙領稽察海船徵收稅課自海鹽至海寧沿塘一帶東自行素庵起西至華岳廟止皆所鈐轄乾隆十年副使寧紹台道葉公士寬護理海關印務詳委海鹽縣監收仍歸護關稽核焉（倣乍浦宋景關志）

（海船進口各投牙行牙行爲具報單將船戶所貨來處縣照赴關呈驗照上開明船戶舵工水手姓名年貌籍貫次日領出赴關登簿續報水陸兩口址然後運貨過塘將部牌并紅單赴海關稅口報驗紅單載明某商某貨在某口報稅若干單上書有各關口鈐記恪遵則例額徵惟浙東船止用驗票不更納稅）

按邑圖經云宋澉水志淳祐六年創市舶官十年置市舶場在鎮東海岸凡大食吉邏闍婆占城勃泥麻逸三佛齊諸番並通貿易以金銀緡錢鉛錫雜色帛瓷器市香藥犀象珊瑚琥珀珠琲璸鐵鼊皮瑇瑁瑪瑙車渠水晶番布烏樠蘇木等物番舶至聚長墻山龍眼潭下由招寶閘入運河穿鎮西出柵橋發引收稅抵六里堰搬度下河流通內郡（其稅十分抽一犀角象齒十分抽二）元史食貨志

至元十四年立澉浦市舶司令福建安撫使楊發督之（時設慶元上海及澉浦三市舶司並發領）其事（其事）每歲招集舶商於番邦博易洙翠番貨等物次年迴帆（其稅十分取一粗者十五分取一然後聽其貨賣）至大德二年始并澉浦入慶元提舉司明時罷設（胡職方曰今考海鹽市舶之設惟宋南渡後最盛緣宋都臨安四方百貨所湊澉浦近畿地海船由龕赭入錢塘者阻於江湍以收船澉墺爲便番貨因而畢集）

國朝康熙二十四年復設海關雖不及宋元之盛而海舶往來固已流通於內郡矣

漕運則例

明制於各衛選都指揮一員統領官軍運糧又令南京二總各衛官軍俱與軍政僉出更番輪運後改令把總領運其運丁即於各屯伍中揀擇不許賣富差貧官軍凡一十六萬餘員名蓋於屯伍中抽選別爲一途也

本朝以來官則裁去衛指揮等銜改爲守備千總隨幫等員弁嵩司屯務運糧丁則因前明之初有招集民人充實行伍原係征戰之兵令指揮統領得地即

令坐鎮鎮守年久官丁皆與本地子民婿配安居食業後因本地營伍足資捍禦將原派鎮守之兵裁其糧餉難驅回籍責令開墾荒田以爲生計故凡屬衛軍皆有屯田今則謂之屯軍又謂之軍丁軍代民勞着令挽漕卽今之旂丁也前領兵之指揮并千百戶等官當裁餉屯田之始承襲子孫管理屯餉至坐僉長運以後以世職管轄運丁運糧
本朝初年用爲押空隨幫雍正年間停止不用乾隆二十八年奏准行令各省追奪委牌執照此項世職子孫謂之舍丁名目雖有分別總名曰軍丁每逢僉運之年一體僉選

溆水新誌卷五終

溆水新誌卷之六名勝門上

寺廟

城隍廟　在南門大街　國朝乾隆三十三年道士錢迎安募資增廣基址重建前殿及門樓戲臺廊廡嘉慶年間迎安徒黃正大相繼募化添建後殿并左右廂房齋堂靜室

海門寺　在南門大街舊名祐福禪庵（詳見舊誌）明隆慶初殿閣傾攲萬歷二十年僧守恩募化重修起造方丈（許聞造有記詳載十一卷）國朝康熙十四年僧恆可繼修乾隆二十六年僧實智重修大殿嘉慶二年僧際性募修大悲閣道光年間僧寶清復募重蓋大殿因工程浩大自二十年至今工尚未竣

禪悅寺　在北門大街內始建詳常誌明洪武三年僧善良建殿宇方丈庫堂董誌載寺廢基存惟餘鐘樓在萬歷六年風潮陡作樓倒鐘墜百戶余騰蛟善士朱文才率僧募緣備料造三十二年剏造禪悅寺三十八年重建鐘樓

國朝康熙十七年僧道嵩募修佛殿鐘樓毗盧閣乾隆五十九年僧惺塵重建鐘樓并起造功德堂今樓柱蜂蛀不勝重載急需修整

延眞觀　在西門大街南卽眞武廟俗稱十間樓（詳見舊志按宏治柳琰嘉興府志載延眞道院元延祐間里人楊樞創建疑卽宋眞武廟廢址或別是一所蓋楊氏世居溆川且延祐中楊氏方盛迨明初革土官楊氏遠徙改爲延眞觀塑眞武像而樞建之道院乃廢緣董誌未載嗣後修邑郡志皆存柳說改創爲重訛二爲一至今指爲疑團姑記以質博物君子）明萬歷丁未里人吳中偉募修後殿塑文昌帝君中爲眞武殿前爲天王殿左有三官火神及呂祖師神座祖師籤授仙丹祈禱極靈乾隆嘉慶間道士潘正中迭事募修

嘉慶六年八月奉

上諭文昌帝君主持文運福國佑民崇正教闢邪說靈蹟最著海內崇奉與關

聖大帝相同允宜列入祀典用光文治等因部議以二月初三日聖誕爲春祭秋祭另行擇吉行文地方官敬謹致祭　文昌祠所祀梓潼帝君王世貞宛委餘編謂卽張惡子而引其所著化書謂本黃帝子名揮始造絃張羅網

因以張爲氏周時爲山陰張氏子以醫術事周公卒托生於張無忌妻黃氏爲遺腹子詩所稱張仲孝友者也尋爲漢帝子曰趙王如意復生于張禹家名勳爲清河令卒順帝時又生爲張孝仲西晉時復生于越嶲張氏入石穴悟道而化姚萇入蜀至梓潼嶺神令其還秦請其氏曰張惡子也後萇即其地立張相公廟唐僖宗幸蜀神又出迎封順濟王宋咸平中改封英顯王道家謂帝命梓潼掌文昌府事及人間祿籍故元加號爲帝君而天下學校亦有祠祀者明景泰五年勅賜文昌宮或又謂斗魁爲文昌六府主賞功進爵故科名之士多事之

呂祖師向封孚佑眞君嘉慶十年秋祖師禦災捍患護國佑民勅封爕元贊運孚佑帝君

呂祖師名岩字洞賓與枕中記述盧生遇呂翁事非一人按宋史陳搏傳云關西逸人呂洞賓有劍術百餘歲而童顏頃刻數百里又按厲鶚宋詩紀事考是唐德宗朝呂渭之孫懿宗咸通中舉進士不第值黃巢亂携家隱居終南山時至陳搏室而稗史載純陽文集又稱是德宗貞元十四年生文宗二年舉進士第考其事迹多顯於宋雜見於蒙齋筆談避暑錄話等書去盧生遇呂翁時皆在後百餘年矣王鳳洲四部稿有過邯鄲呂翁祠古風一章中云誤傳茲事屬劍叟不識開元年爲誰近又見鳳洲讀書後有一條云眞仙通鑑純陽傳不當入邯鄲盧生事邯鄲呂翁開元中所遇也純陽尚未生此二條最爲有識

關帝廟　在中市東大街明萬歷間里人吳道傳建爲吳氏檀信之所　國朝乾隆十二年重加修葺五十二年僧逸秀募緣重建巽峰閣及起造後軒五楹嘉慶二十一年僧定修募資重葺大殿二十四年重建山門

壯繆侯漢後主三年九月追謚載在華陽國志而公之靈蹟至隋始顯宋崇寧元年追封忠勇公又封崇寧眞君大觀二年加封武安王南渡後建炎二

年復累加壯繆武安王淳熙四年加英濟王元天歷元年加封顯靈勇武安英濟王明萬歷二十二年進爵爲帝廟曰英烈四十二年勒封三界伏魔大帝神威遠鎭天尊關聖帝君又封夫人胡氏爲九靈懿德武蕭英皇后子平爲竭忠王興爲顯忠王周倉爲威靈忠勇公賜以左丞相一員爲宋陸秀夫右丞相一員爲張世傑又崇爲武廟與孔廟並祀　國朝順治九年加封忠義神武關聖大帝雍正三年四月　勒封帝三代公爵曾祖光昭公祖裕昌公（名審字間之號石磐）父成忠公（名毅字道遠）其禮儀俱照先師廟每歲春秋幷五月十三日祠以太牢乾隆二十五年山東按察使沈廷芳疏請改壯繆之謚部議改曰神勇三十三年三月加封忠義神武靈佑關聖大帝其解州洛陽江陵三處俱有世襲五經博士

東嶽廟　在北門內（詳見舊誌）明萬歷中道士沈志遠重修　國朝嘉慶間道士王慶元募資重修

天妃宮　在南門大街（詳見舊誌）　國朝乾隆四十年僧隱山募資重建幷塑劉猛將軍于前殿　一在南總塞側國朝雍正十三年像自海潮浮至里人搭蓋茅屋供奉香火祈禱輒應鹾商恆號汪姓病篤搆地捨施尋卽痊愈旋有蘇人龔天益募往來商賫于乾隆二年剏造前殿廂軒及門外涼亭寧紹台道王公垣題護國保商額十五年間復造後殿又于涼亭外甃井以便民汲焉嗣爲白蟻所蛀梁柱坍卸嘉慶初年僧載月募資重建曾不多時又爲白蟻蛀齧疊遭摧折道光年間僧慶元相繼募資重建董誌載原設南門外操備廠故復顯於此

天妃五代閩王時都巡檢莆田林愿第六女也晉天福八年三月二十三日降生預知休咎事長能乘席渡海人呼曰神女宋雍熙四年二月二十九日昇化厥後嘗衣朱衣飛翻海上父老相率祀之神始封靈惠夫人宣和中路允迪使高麗中流震風神降于檣安流以濟還奏聞特賜廟號曰順濟詔興

中封昭應崇福乾道中加封善利淳熙中加封靈惠慶元開禧景定中累封助順顯衛英烈協正集慶等號元至元中封護國明著靈惠協正善慶顯濟天妃明洪武中封昭應德正靈應孚濟聖妃永樂七年復加封宏仁普濟護國庇民明著天妃　國朝康熙十九年封護國庇民妙靈昭應宏仁普濟天妃二十三年以收復臺灣加封天后雍正十一年載入祀典春秋二仲上辛日致祭乾隆二年加封福佑羣生二十二年加封誠感咸孚五十三年加封顯神贊順嘉慶五年加封垂慈篤佑六年追封神父爲積慶公母爲積慶夫人陸廣霖云臺灣往來神跡尤著土人呼神爲媽祖倘遇風浪危急呼媽祖則神披髮而來其效立應若呼天妃則神必冠披而至恐稽時刻媽祖云者蓋閩人在母家之稱也神之功效如此豈一女子所能蓋水爲陰類其象維女地媼配天則曰后水陰次之則曰妃卽謂水神之本號可林氏女之說不必泥也張學禮云天妃姓蔡閩海中梅花所人爲父投海身死後封天妃

秀州朱坤著靈泉筆記引怡庵雜錄云宋景定四年封故提舉江州太平興國宮淮南江東浙西置使劉錡爲揚威候天曹猛將有勑書云飛蝗犯境漸食嘉禾賴爾神力掃蕩無餘據此則猛將乃劉錡也錡字武穆姑蘇人或以爲宋紹興中浙東倉使幹官金壇劉宰漫塘並誤考　國朝會典祭猛將軍元指揮劉承忠于各省府州縣神能驅蝗元亡自沉于河世稱劉猛將軍雍正二年奉
旨廟祀十二年奉　勑歲冬至後第三戊日准入蜡祭正月十二日祝釐

張六五相公廟　在關帝廟東明時建　國朝嘉慶年間關帝廟僧定修帶管香火募資重建繼又增廣基地興造後殿移神座于內廟貌煥然

毛西河集曰張十一郎者宋護堤侯張六五老相公也名夏蕭山隝里人初以父亮爲吳越王時刑部尚書入宋歸命遂由故任子起家授工部郎中稱郎官既而海溢颶風發錢塘蕭山隄壞相公充護隄使者統捍江五指揮護

海隄有功乃以護漕嘗決河覆舟旗丁繞河覓相公不得翼日有大黿負相公屍浮于沙巫者狂言相公已爲神其屍歸埜蕭山之長山閘而立祠閘旁負山壁爲楹面海滔滔每風雨歇見神燈數隊沿山而歸宋景祐間禮部請于朝封英濟侯蕭俗呼十一爲六五呼官爲相公以侯王故呼老相公每歲三月六日係老相公生日　國朝雍正二年封靜安公入祀典

海昌許志宋大觀二年封安濟公又外志祀蕭山布衣張六溺海爲神俗稱捍沙大王宋咸淳間賜額有功海隄祈禱甚應並記以俟考

廣福廟　在禪悅寺後（詳常誌）　柳志元至正六年建今寺僧帶管香火增建後殿每歲二月十一日爲神慶誕居民咸集祝釐

第六廟　在板橋北明初建塑關聖大帝士民祈禱籤極靈驗　國朝道光初重建殿宇山門增高加廣

第七廟　在鐵匠營明初建祀晏公神

晏公名戍仔江西臨江府清江鎮人見杭州府志神嘗救明太祖毗陵覆舟之禍又助築江岸之功乃封爲神霄玉府晏公都督大元帥見七修類稿又松江府志云公名仔元初爲文錦堂局長登舟尸解洪武初以其陰翼海運封平浪侯　國朝加封護國濟運顯應平浪元侯

金王廟　在塘門街明初建祀都總管隨糧王神　神姓金名文秀勅封護國隨糧王運德海潮神見西湖志纂

小寺　在北門大街（詳見舊誌）　國朝康熙乾隆間尼僧迭事修整

閘橋庵　在北門小街即閘頭庵（詳見董誌）　國朝乾隆年間尼僧募化重建殿宇

福慶庵　在城隍廟東（詳見董誌）　國朝乾隆四十年僧靜安募資重建

岳庵　在關帝廟西內塑岳武穆王神（詳見董誌）　今爲吳氏家庵

眞君堂　在清山西南（詳見舊誌）　明嘉靖時倭寇至敵眞君大顯靈異（沈友儒有碑記詳載十一卷）萬歷丁亥道士沈岐山重建殿宇　國朝嘉慶七年道士黃延年董瑞徵

募化重建大殿山門按十二眞君傳吳猛爲許旌陽之師董誌載疑誤附正于此

黃道廟　在長壻山上卽顯應候廟（詳見舊誌）　國朝康熙二十四年掃蕩海氛新設關榷往來商客樂爲輸助頻加修整乾隆三十三年僧悟空募資重建尋患白蟻蛀齧棟宇傾欹嘉慶中僧玉峰修葺

吳越王廟　在西門外八字橋常誌據吳越國王傳謂錢俶宋雍熙元年改封吳越國王意俶其神乎云云今考　國朝祀典祭誠應王吳越國王錢鏐于浙江臨安縣則神鏐非俶也乾隆八年僧曇芳重建後殿道光五年增清元募資建前殿山門

雲岫庵　在鶯窠頂一名雲鶯宋建隆間創元至正二年僧本原開山明天順八年燬于兵隆慶辛未杭州百法寺僧明堅至此里人許翱許懋捨山五畝重建（沈友儒有記詳載十一卷）萬歷甲午募資新之垂成缺二梁海上浮異材至分寸不

爽凡爲殿十楹閣五楹右廡四楹齋堂靜室廚房共十楹又請大藏庋閣中（邑令李當泰有藏經閣記載邑圖經）　國朝康熙二十三年重修松寮竹徑迴在雲表

悟空寺　在荊山下舊名永安寺明洪武二十四年定爲教寺（詳見舊誌）天崇間大殿燬于兵　國朝順治七年重建乾隆四十九年僧實恆重建天王殿五十四年僧際乾募建山門

金粟寺　在茶院市（詳見舊誌）按明宋濂撰太平萬壽寺記當吳之時佛法雖至中國而大江以南則無有也赤鳥中康居沙門僧會實來祈獲釋伽文佛眞身舍利始創三寺其二卽金陵之保寧海鹽之金粟可證金粟于吾邑諸山爲最古矣有宋紹興二十五年七月降御書法帖一十軸又有藏經千軸用硬黃繭紙內外皆蠟磨光瑩以紅絲欄界之書法端楷而肥卷卷如出一手墨尤黝澤如髹漆可鑒紙背每幅有小紅印曰金粟山藏經紙宋時物也今俱不存明萬歷中寺久圮茂才蔡聯璧感夢鬻田偕廣道本彥重建正殿大悲

閣禪堂方丈祖師堂及僧寮若干楹延雲棲大蓮開堂說法 趙國琦有記載邑圖經 天
啓間圓悟密雲和尚重葺法堂 雲間董尚書其昌題獅子吼額 天王寢殿 樊維城有記詳載十一卷 國
朝順治己亥
敕賜寺僧圓悟之徒道忞宏覺禪師號併
賜敬佛二字有道人寶篆曰太和之印 金粟寺志云刊碑高六尺闊二尺五寸墨寶供奉寧波太白山天童宏法禪寺
康熙五年重修山門二十八年
賜金粟方丈僧天岸墨寶心經一卷三十三年
敕進諡圓悟慧空禪師雍正五年
頒賜金粟寺對聯曰不佛求不法求不僧伽求早已過去無我相無人相無衆
生相却是未來命文覺禪師敬懸方丈乾隆十六年
巡幸浙江天寧寺僧源瀚金粟寺僧源達在蘇州觀音山上恭迓
聖駕

敕賜墨寶心經各一卷
法喜寺　在通元市舊名通元寺吳大帝夫人捨宅置唐載初 二字未詳 元年則天
皇后改爲重雲寺舊通元寺移鮑郎市 邑圖經 伊郡志注載晉建興二年郡東
南滬瀆漁人夜見海上光明照水徹天明日睹二石神像浮水上衆入海迎
之載入郡城像至通元寺前牽拽不動衆議元像應居此寺言畢數人舁試
像乃輕舉便登寶殿梁簡文帝制石彿碑曰有迦葉彿維衛彿梵字刻于像
背唐東宮長史陸柬之書碑又載則天皇后遣使送珊瑚鏡一面鉢一副宣
賜供養開元五年賜金魚字額 以上所載俱非鮑郎市之通元寺似宜削去免生後人之惑不必博引爲通元二字推原
也斷自移建鮑郎市之通元寺始無疑矣 宋祥符元年賜額法喜寺紹興九年改禪寺 李正民有記載邑圖
經 淳祐甲戌僧文正重修門廊樓殿經綸法堂留雲館宣明院 楊幼度有記載邑圖經
明洪武二十四年歸併祐福幻住新墳觀音賈泰法銘潮音碧雲福惠等九
庵院以成叢林三十年僧處純重建山門方丈嘉靖三十五年僧戒楫重修

增建觀音堂達摩院許相卿有記詳見十一卷萬歷二十九年里人顧所有捐貲建閣五楹請大藏教典六千四百餘卷貯其上徐紹曾有記載邑圖經又六年前殿火所有復捐貲鼎新　國朝乾隆五十年間僧衡峰募化木石創建後殿至嘉慶時僧巨慧鳩工始竣咸豐元年僧鶴松起工重修藏經閣未竣寺有巽瞻堂額良準題

寧海寺　在法喜寺東宋紹熙六年賜額爲寧海院明洪武初定爲教寺二十四年歸併雲岫白雲莊慶惠泉等四庵以成叢林嘉靖初寺燬僧玉峰秀重建大殿山門兩廡及宿雲諸堂婁江太史陸深有記見徐豫貞詩序嗣後東岫滄曉體源遞主席有魚天沙岸松月海雲諸勝景見馮參政皐謨詩集　國朝乾隆五十七年大殿毀于火嘉慶元年里人姜德周率僧樸賢雨亭大徹募資重建二十四年春告竣

嶽廟　在通元市中元至正間建明萬歷壬子重建　國朝道光七年住持黃熙載重建山門

萿山寺　在萿山南麓舊名普明院詳見常誌明洪武間僧文序宗正重建後廢萬歷三十七年僧守如重建　國朝乾隆三十八年山門燬僧松霞重建道光九年僧穎春重建大殿

覺林寺　在豐山東麓舊名實相庵詳見董誌明天順二年僧如性重建請令額呂原有記詳載十一卷　國朝雍正五年邑人蔣達庵重修大殿法堂山門樓閣乾隆二十年僧一清募資修葺震旦朝宗額明邑人漕儲道沈允芳書

彌王廟　在北門外詳見舊誌明萬歷間僧西旨重建　國朝康熙中僧存璞重修道光中前殿燬僧永昌募資重建　一在文溪隖內名小彌王廟

張王廟　在六里堰西轉水河上祠山行宮也　明太祖定南京十廟一曰祠山廣慧張王廟每歲以二月初八日致祭用少牢見南京太常寺志宋訥碑記曰神爲龍陽人姓張名渤發跡于吳興宅靈于廣德或以爲西漢人或以爲東漢人亦莫能定也　神避食豨始自長興縣疏聖瀆欲通津廣德化身

爲豨縱使陰兵爲夫人李氏所覘其工遂輟人思之立廟是以祀之避豨漢唐以來廟祀不廢元泰定帝加封曰普濟而王號如故所謂張大帝者本流俗之稱一云烏程人

實相寺　在斤竹大橋南宋淳熙間僧禪悅開山本覺林庵也元末兵燬明洪武七年僧法鼎重建宣德成化間僧子源惠源相濟修葺　國朝嘉慶中僧宗源募修

達王廟　在實相寺南元至正三年僧永熙開山明洪武九年僧普潤建佛堂廊廡

水月庵　在茶磨山東南　國朝乾隆末廢

落星庵　在茶磨山下

皐蘇將軍廟　在金牛山詳見常志咸淳臨安志云廟在金牛山下相傳二將逐黃巢死之因祀焉紹興十年歲旱禱雨應勑賜福濟廟額伊郡志云金牛山頂

舊有金牛庵創自石晉基址具存明初遷于二浪山之麓改建殿宇偉麗年久傾圮　國朝乾隆三十八年里人張彥遠重建嘉慶丙寅重立皐蘇二將軍神位觀察使秦公瀛題皐蘇將軍廟額海昌明經吳騫撰記詳載十一卷道光十八年僧達性號九如俗姓孫海昌人募化兼出己資重建武帝殿二十六年建造廊廡數楹于庵旁更建靜室兼植花木橘柚百餘株疎籬仄徑頗極幽致

皐蘇二將軍廟騫既得請于觀察秦公書額而揭諸廟矣近見重修嘉興府志寺觀門載海鹽金牛山頂舊有金牛庵創自石晉基址具存明初遷於二浪山之麓改建殿宇偉麗年久傾圮　國朝乾隆三十八年里人張彥遠重建出殷水遺聞以上所載金牛庵之說初未見於前志按海鹽圖經云蘇驃騎廟在縣西一百五十步今廢惟金牛山有廟尚存俗呼爲皐蘇二將軍廟其考證甚明確而並無所謂金牛庵者且彥遠之子靜倫親爲騫言之亦如此不知殷水遺聞何人所著鑿空爲金牛庵之說重修府志又於壇廟門

載蘇驃騎廟在縣西一百三（訛五爲三）十步云云下注出至元志案海鹽仇志廟廢碑亦不存今海昌吳騫重建神宇撰碑記按察使秦公瀛題額此條尤譌謬可笑邑中舊廟故址久遠騫又何從興創神宇府志所謂以無爲有以有爲無顛倒錯謬不可不亟爲之辨俟留心地志者亟糾正之庶不致譌以傳訛也嘉慶丙寅秋九月海昌吳騫謹書

永豐庵　在葫蘆山上俗稱平山廟向有小廟一間內塑關聖大帝像　國朝康熙三十八年里人沈氏捨山僧惜珍募資剏建前殿四十八年復建後殿五十八年又建齋堂僧寮等宇乃緇林名勝地也道光二十八年里人沈氏率僧募資重建殿宇

東山廟　在東拱山嶺廟塑關聖大帝像崇奉香火歲久坍塌　國朝嘉慶十五年廟僧募資重建里人朱斌記略曰長墻山東首高峰爲東拱嶺山頂有大帝廟不知建立所自邇來住持乏人漸就傾倒嘉慶十五年庚午會秦山漁者十餘人共乘一桴失風飄外洋夜昏黑無所歸見火光導引頃刻達龍口遂得泊焉因演戲酬神遠近聞之欣然樂助未匝月而廟重建爰序其事以記其始末云

普濟廟　在東門外

惠泉寺　在觀音山麓宋南渡初僧魯一建內供大士像屢著靈異禱雨尤驗國朝乾隆二十七年山門燬正殿亦廢三十三年海昌吳東山里人張彥遠率僧募資重建

澉水新誌卷六終

漵水新誌卷之七名勝門下

古蹟　凡舊誌已載不復贅

茶磨隱居　許黃門集雲村先生棄官後隱居此山山形圓秀盤旋如磨先生周植竹樹剔石引泉疏畦藝茗極山居之樂有高岩其上廣平可坐百許人下空洞可列十餘席石上有題曰天只峰曰文昌星晶石曰弄月臺曰枕流岩後懸崖昂首陡絶處題曰豐崖皆古好事者所摹而岩下正北大書深刻天南第一山五字岩旁東向曰獨往皆先生所刻岩背正南曰清修壯節則海寧尹石首廉泉高尚志所題贈也　雲村扇畫贈豐崖自題詩曰遠路歸來已白頭豐崖猶是舊時秋長籐短褐行吟處不道山翁是故侯

鶴田　在九杞山下許氏家傳曰孫太白山人寓南屏山畜一鶴九杞先生入田數畝額粟若干每歲輸南屏以供鶴糧謂之鶴田券曰關中孫太白山人與九杞善山人寓南屏山一鶴自隨九杞爲買鶴田歲輸糧於萬峰深處而納券曰太白山人鶴田在九杞山書院之陽倚山面湖左林右涂廣從若干步歲入粟若干石有奇以其奇爲道路費而歸其成數於西湖南屏山歙歲汰其半以九杞潤筆費取盈焉佃之者主人之鄰某輸之者主人之僕某董之者主人之弟某主人謂誰山人之友杞泉子許台仲甫也　後失鶴太白書來云鶴一夕忽飛去竟不追尋遂其物性耳附招鶴詩二首一云只在秋江上孤踪何所之花間扶杖處竹外聽泉時野客來元圃山僧寄紫芝此時還憶汝伴我夜吟詩又云只在秋江上烟霞幾萬重階前留墮羽苔面認行踪雲影忽傍水月明猶在松此時還憶汝跨我出樊籠　山人名一元字太初不知何許人問其邑里曰我秦人也嘗棲太白之巔故稱太白山人或曰安化王之親支有託而逃也風儀秀朗嘗以鐵笛鶴瓢自隨按列朝詩集小傳王爲明宗室正德時作亂爲楊一清所平

白鶴園　在管山明參政馮皐謨歸田別業有壺觴亭浮白軒太白居白雲阿

諸勝景二鶴翩翻甚適臯謨自爲記詳載十一卷

蘿補堂　在漵川北門內董從吾道人讀書處許雲村集有蘿補堂賦後吳貞肅公麟徵居此改築曰安雅堂

率園　在漵川西門內明中丞吳麟瑞自江西解組歸舟經彭蠡遇風載山石鎭舟以歸壘諸園中極瓌奇之勝有藕窩浴鶴亭諸景

華鄂樓　在宋亭村徐應奎四子光治從治允治昌治同居讀書處

兩垞　在黃山西曰西垞東曰東垞明淮安太守許令典築自爲記略曰西垞結茅三楹曰葆爰徑曰瀛徑象其宜取浮沉也徑上小閣昂首修尾首倚山尾依水曰浮瀛前竹萬竿曰小雲梢竹盡松深石拱立如丈人曰拱辰石坎下一楹曰石丁垞有長坡可茶可果可蔬可漁曰寒林沼坡而東迄于東垞度峪躡磴上嶺面海屏山越中諸峰若在几席海中帆影出沒如鳧隄植芙蓉楊柳可與西垞長隄埒更度山腰曰九杞山人讀書臺稍進曰楊梅園園

內茅屋三楹曰淮屋潮聲日夜吼枕上曰枕濤莊松竹楊梅之湊竹扉常扃扉側攀蘿累石而上小閣倚樹跨峪曰嬰巢四牖玲瓏遠近山容百出巢西下曰玉厂以茶梅名渡小橋環溝爲居曰荷館曰墨泔此西垞之槪也屋宇無多雲山不礙取適已爾

寶綸閣　在鷄龍山之麓明司寇吳中偉築前爲宗祠中偉墓在其旁從六世孫熙詩寶綸閣外湧松雲中是前朝司寇墳落日憑欄秋水闊蘆花風起雁紛紛

貽經堂　在萫山之陽王氏宗祠額係相國王文端公杰書

湖天海月樓　在萬蒼山之麓秀州錢氏宗祠額係乾隆時裔孫禮部侍郎載乞成親王書

萬竹樓　在葛山東麓黃觀祖築

穮園　在通元西菱角尖明經胡文蔚讀書處中有梅花廳愛好山莊菊簃望

雲亭花潭葉嶼亭諸勝又構列翠樓三間自爲記詳載十一卷

陳文惠公祠　在金粟寺左公諱堯佐號希元四川閬州人中進士第相宋仁宗五世孫公輔從高宗南渡卜居茶院遂建公祠

雙梓墓　吳黃龍中陸東美妻朱氏有容止相愛寸步不離時號比肩人妻卒東美不食死合葬冢生梓樹同根二身相抱成一每有雙雁棲其上孫權聞之嗟嘆封其里曰比肩墓曰雙梓朱彝尊鴛鴦湖櫂歌云蓮花細步散香塵金粟山門禮佛頻一種少年齊目斷不知誰是比肩人可證里在鎭境

千瑩墓　在金牛山南瑩字明叔寶之父仕吳爲立節都尉

天子女兒墓　在六里山下舊傳村民有侵犯之者即有蟲毒出焉嘉禾志　晉恭帝女封海鹽公主疑葬此劉志　按董誌天子墓在石牌橋南郡邑志多女兒二字未知是一是二今徧訪金粟山及市北六里山並無一大冢止石牌橋有此大冢前指爲戚夫人墓固非公主墓亦未定爲實據澉川父老相傳爲唐代紫雲村女入宮臨卒遺命歸葬故鄉即此墓也以何皇后陵例之理或然與

九母塚　在豐山石屋東南昔有村人發之蜂蠆蛇蝪不可嚮邇

于府君墓　在通元西未詳其處道光十二年土人耕田掘得墓誌磚文曰唐故口川于府君墓誌銘幷序　感君子之風履古人之道懷仁義以安禮樂立名節以善其始終者則有武原于府君焉君諱陽字予美曾祖副祖對父諠或潔身于高士或顯志于明時府君即諠之第二子也幼敦孝悌長睦歸仁淸聲既高求閑林圃何圖靈芝見萎醴泉咸竭以咸通五年甲申歲五月十五日遘疾終于私第以六年乙酉二月廿日窆于縣西南卅里尙父鄉修化里通玄寺西新塋禮也夫人太原孫氏承奉祭祀有女三人嗣子一人曰行○以仁孝親鄉黨以忠厚○○邦泣血增哀哀有餘禮女三人皆適名族○恐年逾代遠地谷遷移茹毒銜悲請爲○誌其銘曰○○西○武原之域○

葬其中以流其福〇〇〇〇〇草木朔萠將書永年日明能育〇其磚約尺半從橫稱之厚約二寸許碎而爲三膠合之茂才顧藺似購藏于家後硤石廣文蔣光煦生沐聞之以他物易去

屠將軍墓 在青山正德七年土人劚地得碑磚文曰吳越故忠義軍匡國功臣越州都指揮使前授常州刺史特贈武康節度使銀青光祿大夫檢校尚書右僕射開府儀同三司上柱國海鹽屠將軍墓誌銘將軍姓屠氏諱瓌智字寶光其先河東人晉將軍屠擊之後也大父某避地于吳家于澉川之青山遂世爲蘇州海鹽人太夫人吳郡顧氏夢抱璧有光生將軍遂以瓌智名焉將軍生而姿貌偉杰鷹揚虎視少負勇略更善屬文累舉不第歷遊名山見疆宇幅裂復還故鄉吳越國王初起鄉兵拒黃巢將軍從之時時以籌畫進遂與幕府謀議董庶人昌僭號將軍首勸討賊昌誅以功授指揮使乾寧四年丁巳同顧全武王弟鎮自海道救嘉禾生擒賊驍將楊勝頓金等二十

餘人計功將軍得中上遥領常州刺史職明年春再遷越州指揮使光化元年十一月衢州刺史陳岌判（叛）將軍又同全武等討平之三年調守湖州授制與同郡高公彥天復二年壬戌武勇都指揮使徐綰許再思叛於府城將及內城刺史高公聞之遣子渭與將軍同赴難渭曰今日不利彥曰赴急難何以吉辰爲將軍按劍曰違王之命不忠畏縮不前無勇死忠死勇丈夫分也偕渭直抵靈隱山賊壘賊勢甚盛合圍數重二人自朝戰至于日晡身戧百處奮力一呼手搏賊魁數人即馬上刃之矢盡援絕爲賊伏兵所害王念將軍徒步從戎卒死國難以衣冠歸葬於開元府海鹽縣南三十六里澉川之青山德政歸仁里開化村今天寶五年特贈忠義軍匡國功臣武康節度使銀青光祿大夫檢校尚書右僕射開府儀同三司上柱國將軍生於唐宣宗大中五年辛未死事于昭宗天復二年壬戌八月庚寅享年五十有二娶錢氏子三長龍驤授澉川鎮遏使娶聞人氏次子昱節度使銀青光祿大夫娶

部虞侯鎮遏使郊公良友三曰展吳興刺史高公章書記判官婺同里許氏
諸孫皆幼公嘗有詠志詩曰輕身都是義徇主始為忠至是竟符其讖云初
未有誌至是龍驤屬余為之而復系以銘銘曰河山毓瑞帶礪鍾英徒步奮
跡赫聲濯靈公膺救極九首懲陵齊乎王國吮血蒼生公怒賊發擢伐擊濟
矣屠戮殉以身殉君功高盟府勳壯干城光啟前烈垂裕後昆忠孝績懋勳
土褒旌達崇安公毅義魂桓赳世選緩耀貞珉丞相皮光業撰

宋太中大夫陳公輔墓　在吉杏山公輔字國佐諡文節中政和二年上舍第
一歷官敷文閣待制轉徽猷閣從高宗南渡卜居恭院遂葬此山子世熙字
光斗恩蔭官至工部主事晉秩承德郎墓在邵灣白水山六世孫貴字松菴
舉人墓在大旗山世稱陳貴嶺

陸尚書墓　在豐山未詳何人疑即陸機也按高郵人建炎初徙海鹽乾道
五年進士官至尚書

皇宋尚書徐勝二公木氏夫人墓碑　在徐灣南塔山河西考徐氏家譜宜尚
書者一處仁字擇之一處中字正之二公隱蘼南渡賜居餘姚一邦大字純
甫處中子此徐氏三尚書也迨處仁四世孫遵明字美卿任嘉禾令子廷言
字朝忠任教授延主字朝佩任殿直延選字朝彰仕元為同知徙居豐山為
豐山派遵明從弟遵昉徙居徐灣為徐灣派今墓碑上名氏不見于譜未敢
確指為三尚書之一或當時別有姓徐官尚書而葬於此地記之以俟博物
君子

鄧宜文　在西門外鳳凰山文曰南國于華營父墳于山南淳熙六年春凡十
五字

元何處士墓　在金牛山下相傳為劉誠意伯所定

貢尚書墓　在紫雲山下元禮部尚書貢師泰葬此因兵亂遊寓峽石山　仙志

考海鹽縣志湖塘村貢尚書墓此周天參伯溫題曰小桃源後卒於門人宋

鏹家鏹割地以葬捐田贍祭其說不同姑兩存之按師泰號玩齋禮部一作
戶部

明何訓術墓　在金牛山下坡其名未詳墓旁碑有東軒何公像贊文曰清世衣冠士林人物和不同流介不絕俗言侃侃而不阿貌溫溫而可掬其仕也不出乎父母之邦其止也優游乎山林之窟振前業而有光啓後人而多穀挺挺乎如翠竹蒼松郁郁乎若春蘭秋菊有子有孫宜壽宜福噫若東軒者可謂樂善而保令終養眞而媚幽獨者也嘉靖元年壬午三月吉旦鄉進士
錢塘福應麒題幷書

從吾道人董澐渙陽令穀父子墓　在羅漢灣祔仲眞公墓側

贈兵部尙書徐烈愍公從治墓　在大步山陽崇禎六年賜祭葬文曰績著疆場勞深海國當烽烟之旁午冒矢石以捐生城頭留化碧之丹祠下泣招魂之淚爲營若斧幷錫偕藏寵隆司馬之阡名重睢陽之節載昭俎豆永賁泉臺

太常寺少卿吳貞肅公麟徵墓　在泊櫓山之陰　國朝順治十年十月二十六日戊申　諭祭明原任太常寺少卿吳麟徵文曰褒忠揚義帝王勵世之權盡節捐軀臣子許國之誼惟爾學窺性理意篤忠貞官秩貳卿夙夜奉寅淸之訓時當末造寢食懷杌棿之悲迨寇陷都城君殉社稷乃能從容就義慷慨投繯旣大節之克終豈幽光之莫闡特遣官祭奠賜諡褒嘉表異代之英魂流芳靑簡昭藎臣之懿矩賁寵黃壚爾靈有知尙其歆格

善士朱文才墓　在譚仙嶺南麓

舉人祝淵墓　在鷄籠山淵字開美海昌人崇禎六年舉於鄉乙酉南都亡自縊死年三十五吳蕃昌再經鷄籠山酹祝先生墓詩送子涛溪月當時鴻雁歸今嗟芳草綠長與故人違雲冷靑蠅散林空白鶴飛山陰回首望同此一沾衣

孝子李商玉墓　在麂山麓

孝子方開基墓　在野鴨嶺前

孝女阡　在泊櫓山之羅漢灣孝女文溪塢人州同知程韶長女適海昌吳珽韶卒子天女身任營葬手植松楸里人稱爲孝女阡見盧文弨抱經堂文集吳騫兔牀卽孝女之子

博羅縣知縣吳懋政墓　在徐灣

秦皇劍池　在金粟山上

秦皇馳道　卽山下沿海長隄

衣雲渡　在法喜寺西數十步宋政和間良準化身擲衣處詳後本傳

磨刀石　在泊櫓山頂俗傳吳越王錢鏐嫺習武藝曾磨刀于此

棋盤石　在觀音山頂

焦石　在西海塘堺外波濤中潮長則沒潮退則見其色黑故謂之焦石

倒針石　在木山南側有巨石拔起三丈其上寬平二丈許中作微窪如盤以羅經按窪處卽指而北俗號倒針石

獅頭巖　合掌巖　雪竇泉　九曲逕　初憩亭　三休亭　俱在鷹窠山山頂產茶類武夷又山頂有石鷹蓋鑿以鎮魅者見壘麟詩注

鷹窠頂可觀日月並升　明陳梁有記略曰月與日隔金水二天日大二百倍許也人目蔽於近謂日月等方升自殊日光恆掩月匪先匪後兩不相掩惟十月一日之辰國語會於龍猳是也是日之前一日會雲岫快飲漏四下小憩促櫛沐則星爲霧掩寒氣逼人行濕草中達頂霧益昏重俄而見一二星又見霧如彈絮如車輪足下起頃之金光赤焰如線橫經于天自喜日升乃十百金線忽合而蜃氣城市萬家宮闕千門層層閣道復茂林崇山村居屋角牕櫺淸楚傍有靑色雲狀如龍鱗爪儼然口吐朱雲數丈須臾海底推出一輪色若丹砂心目晃昱稍見紅敷謂常日耳竊究合升必併見月今天氣

茂才張汝忠憚行路紆折開掘其高凸處中有坎清泉湛然有二黃額魚在焉擕以歸嗣後絕無聲矣張家亦中落故俗稱䱀魟墩

放生河　即通元市河康熙年間寧海寺僧浮山金粟寺僧宏覺及諸善士結放生會東自寧海寺橋起西至白虎橋止呈憲永禁漁捕謂之放生河

湖心亭　在北湖中舊時建今廢

張公隄　即中湖塘康熙十一年知縣張公開濬永安湖修閘築隄有功水利澉人爲公立碑於隄上張公名素仁

鮑公亭　在北湖上乾隆三十五年知縣鮑公濬湖築隄修砌閘座里人感公德爲公建亭與張公隄碑並列鮑公名鳴鳳

毓秀亭　在西門外基地二分二厘康熙五十三年里人公建以便行人往來休憩之所立有碑記

報恩街　即市中街道孝子李商玉積金所甃名曰報恩街

雙孝村　在南城門下繆姓遭火兩婦各棄其子負姑以出因名

孝泉　在北湖夏灣山麓海昌吳氏宗祠內祠係吳正純東山所建初建時庭下有泉濩出其弟騫兎牀有孝泉記見拜經樓詩註

雙魚仙跡　在醫靈院山門內每遇天將陰雨土面宛呈雙魚之形晴則泯然無跡方豐有記略曰醫靈道院在吾澉青山之麓庭中常現雙魚形並長尺餘有規紋環繞其間魚若對飲於盆者鱗鬐宛肖躍躍欲動然必現於將晴

雙魚仙蹟圖

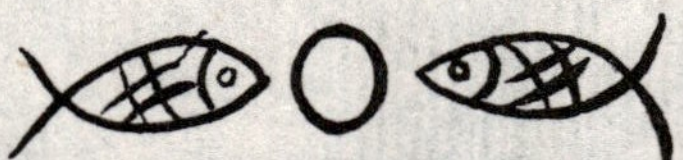

欲雨之候平時則泯然耳歷詢野老知其由來尚矣廟祝曾戲以鑁頭深鑱至四五尺絕無痕迹復以土掩之不彌月仍如故衆甚疑焉嘗數往而悵未一睹庚申春杪與王茂才純同游其地獲親見之不勝歎異考常董兩誌皆不及雙魚或當時未有也爰賦短章補仙蹤之未備又吳東發繪圖併爲之說云天地間萬物皆氣所爲也而魚之得氣爲尤甚故詩云衆維魚矣實維豐年此其徵

矣而鄭康成箋詩南有嘉魚亦謂時和年豐萬物有餘之意也然則此地有雙魚紋者其天地之氣之所結聚而形焉者與或以爲遷跡者何也說文鱻皆古文鮮字鮮與遷聲同假借而〇太極之象也仙家所謂元之又元衆妙之門者與古文以遷爲僊見漢碑

漢甎　橫側文云五鳳篆書身磨紋今藏豐山馬氏

晉甎　側文云太康九年七月巳分書反字下缺今藏城灣周氏

晉億世曲人甎　錢大昕銘曰兩漢陶旗多作吉語典午未遙工用舊槼典人之官爲民父母億世銀艾希風卓魯得之何所瀫川海渚誰其貽予吳子芸父見潛研堂文集

晉陽武亭侯磚　文曰永嘉六年六月庚戌朔郎中陽武亭侯蘢世子淳于康所作吳東發跋云里人陸雲中于舟里山南拾得古墓磚數塊貽張君文魚上有郎中亭侯等字踰月文魚招同至山下得全磚三字多漫滅既余道經此山復得全磚三悉拓而參觀之乃辨六月庚戌上爲永嘉六年晉書天文志永嘉六年二月壬子朔推至六月當得庚戌朔也陽武漢屬河南郡晉屬滎陽郡淳于氏蓋吾邑土著故反葬于此前年嘉興張君汝霖于吾邑海上得一磚有永寧元年六月十九日淳于〇作等字爲足證也續漢書百官表郎掌守門戶出充車騎郎中比三百石郎中有車戶騎三將秩皆比三千石此但云郎中則非三將矣而繫于亭侯之上蓋由郎封侯猶漢滕侯更始初爲舍人郎中赤泉侯楊喜以郎中騎從灌嬰共斬項籍封侯是也後漢書百官志列侯以所食縣爲侯國金印紫綬以賞有功大者食縣小者食鄉亭侯雖次于鄉侯爵左關內侯上且陽武亭侯由郎中封必有功勛可紀而何以不見于晉書耶按永嘉三年平陽人劉芒蕩僭帝號于馬蘭山支胡五斗叟郝索聚衆數千爲亂屯新豐與芒蕩合黨征西大將軍南陽王模使其將淳于定破劉芒蕩五斗叟並斬之可謂有功當封而史失之疑陽武亭侯即淳

于定以斬二寇封侯蓋自定斬二寇以迄懷帝之終洛京傾陷無寧歲宜載籍之亡失與又按懷帝紀云模使車騎將軍王堪北平將軍曹武討劉聰模傳云模使帳下都尉陳安討苞遣軍司謝班伐疋使牙門趙梁戍蒲阪皆著其官獨至定帝紀則曰使其將淳于定模傳則曰模謀臣淳于定曰使淳于定則定之官爵史固莫得而詳矣淳于氏系出姜姓州國春秋時失國居淳于號淳于公後因以爲氏氏族所載周有淳于髡漢有侍中恭太倉令意晉則日者智而已爵如陽武亭侯功如淳于定並遺之故爲拈出俾撰志乘及譜氏者考焉　按唐林寶元和姓纂始皇時尚有博士越又漢尚有扶風衛尉淳于長列仙傳尚有淳于斟又按宋鄧名世古令姓氏書辨證史記有二淳于髡其一齊之贅壻在滑稽傳其一稱先生者在孟子傳唐貞觀所定河內七姓一曰淳于至憲宗時避御名改于氏

皋小郎碑　在金牛山下紹興初尚存

米襄陽書第一山三大字石刻　在金牛山碑上題名米芾書八磚精舍金石記曰米襄陽第一山三大字原刻在安徽盱眙而杭州錢塘紫陽山溫州瑞安集雲山台州臨海皆從盱眙摹刻此刻在海鹽澉浦金牛山係碑刻非摩崖半掩土中友人方蓉浦明經搜出筆勢飛動與他刻同吾師阮宮保輯兩浙金石志而未編入異時可郵寄耳道光丙戌十二月望日嘉興張叔未廷濟記

準高僧塔　在法喜寺金剛殿東北塔上題名云會首僧師約贖僧清遠贖僧自宗贖僧行本贖僧〇〇贖女弟子徐六娘女弟子張九娘女弟子潘廿五娘其第七層上刻準高僧舍利寶塔聖宋宣和四年正月十五日重移　八磚精舍金石記曰唐準高僧石塔在法善寺齋堂後桑圃中八角七層約高二丈周迴約三丈最下一層刻蓮葉二層刻獸三層八角多剝損四層八角每面中作佛像佛首多損其角刻僧師約清遠自宗行本〇〇女弟子徐六

娘張九娘潘廿五娘題名蓋唐建塔時也此重移年月刻第七層東面其西面刻二門形又上作屋形又上作蓮臺又上作圓頂俱已損余於嘉慶辛酉九月十三日架梯親拓始得其審因詳誌之道光四年甲申四月二日叔未張廷濟　又至元嘉禾誌準高僧塔在法喜寺飛鳥不栖時有舍利放光高僧名良準唐司空曙有詩寄之宋宣和四年正月自東廊移就西廊袈裟飛去集僧誦楞嚴衣復歸塔有頌刻於塔云宣和年中重移塔舍利乘空暫騰躍衆諷楞嚴咒得歸永隆佛日暉無着嘉慶伊志云宣和四年者則移塔時所刻其塔至今無恙並無頌語至元志惑於傳聞之訛耳廷濟按伊志金石出澉浦吳侃叔明經東發手此條駁至元志極是侃叔曾讀書通元寧海寺此塔曾目驗濡脫故不襲前人謬語特題名僧實而有五人而云三人者當由正北面之西角僧行本贖西北面之西角僧〇〇贖字已磨蝕目力未及拓者遂遺之耳廷濟又記〇其云某贖者蓋謂出錢建塔爲功德贖罪也董誌載良準所建誤

澉水新誌卷七終

溦水新誌卷之八選舉門

薦舉

明

黃文杰 允宗父洪武初舉賢良秦王府教授

沈繼宗 穀子洪武初舉明經國子監學正

陸定 能舒洪武中薦授博士擢監察御史

陸達 定之子永樂時薦授博士

董淞 宏治中薦試禮部罷歸

進士

明

費澇 子雨嘉靖辛丑未授官卒通元人

沈藻 隆慶戊辰仕至河東鹽運副使

吳中偉 萬歷戊戌刑部侍郎加尚書

徐從治 萬歷丁未右副都御史巡撫山東

王家相 萬歷庚戌刑部主事

朱泰禎 萬歷丙辰南京畿道御史

虞廷陛 萬歷丙辰吏科給事中

吳麟瑞 萬歷己未右副都御史巡撫偏沅

吳麟徵 天啓壬戌太常寺少卿

虞贇堯 崇禎癸未廣東番禺知縣

許令瑜 崇禎癸未仙遊知縣終吏科給事中

沈孝徵 萬歷戊戌副使

國朝

翁自涵 順治戊戌志失載刑科給事中

錢之肅 康熙癸丑會魁內閣中書舍人

錢紹隆 康熙癸丑刑科給事中

王顯一 康熙丙戌陝西成縣知縣

陳鷁 復心乾隆壬戌山東壽光知縣

吳懋政 乾隆壬申廣東博羅知縣改府教授

殷輅 乾隆丙戌會魁

朱毓文 鹿賓嘉慶庚辰貴州仁懷知縣

明通榜

明

吳之英 萬歷丁未蕭縣知縣

吳晉書 崇禎丁丑

明

舉人

費　滂 嘉靖戊子
顧可畊 隆慶庚午山東蒙城知縣
許聞造 萬歷丙子應天榜貴州道監察御史
沈孝徵 萬歷戊子
王廷俊 萬歷甲午高郵知州
鍾繼祖 武山萬歷庚子
吳之英 萬歷癸卯
馮振宗 宗之萬歷壬子應天榜
朱泰禎 萬歷乙卯
吳麟徵 萬歷戊午
鍾鴻穎 天啓甲子
吳晉書 崇禎丙子

沈　藻 隆慶丁卯
顧所有 隆慶庚午宜黃知縣
沈宏遇 萬歷戊子邳州知州
徐文治 泰豐萬歷戊子廣東德慶州知州
吳中偉 萬歷丁酉應天榜
王家相 萬歷癸卯
徐從治 萬歷癸卯
虞廷陛 萬歷乙卯
吳麟瑞 萬歷戊午
許令瑜 天啓辛酉
徐昌治 崇禎癸酉應天榜
徐炳雲 崇禎壬午武義教諭

虞贊堯 崇禎壬午
翁自涵 崇禎壬子北榜見省志邑郡志失載

國朝

陳嗣華 順治丙戌
錢紹隆 康熙壬子
湯　敍 康熙丁卯江西吉水知縣
王顯一 康熙丙子
董樹馥 儀三餛六世孫康熙壬午
朱　銓 康熙辛卯鎭海教諭
祝尹臣 康熙甲午授中書
孫廷權 乾隆丙辰湖北咸豐知縣
陳　鷁 鱗七世孫乾隆丙辰

黃耀如 淵明崇禎壬午應天榜
錢之肅 康熙癸卯亞魁
吳　煒 康熙乙卯續圖經作吳偉
徐景穆 復貞子康熙庚午順天榜麗水教諭
吳正心 坤釜孫康熙己卯常州府同知
董上容 呂音學六世孫康熙辛卯榜姓倪
徐肇遴 銓期元昇孫康熙辛卯
朱之溥 雍正丙午潛山知縣
姚元模 乾隆丙辰
吳正樂 穆齋士翹曾孫乾隆戊午

吳宗玠 玉舟厚貽孫乾隆甲子錢塘訓導
吳懋政 乾隆庚午
殷輅 乾隆癸酉
朱大勳 乾隆庚辰
沈潛修 乾隆戊子山東清平知縣
萬肇培 耕修乾隆庚寅
王際昌 乾隆辛卯
吳熙 乾隆丁酉
董德潤 慕梁上容子乾隆癸卯欽賜
錢說曾 南白紹隆曾孫乾隆壬子湖州訓導
王陳培 魄山
吳春 蓉蕖嘉慶辛酉
張純熙 生梧嘉慶庚午欽賜
楊逢時 賓如文雲猶子道光乙酉亞魁
楊以烜 賓峒文雲孫道光庚子
張鼎 銘齋咸豐辛亥

副榜

明

陳幹 高陽亮采弟科目未詳
顧可漁 乾隆庚午
朱正學 中甫兩中科目未詳

國朝

徐益貞 海門從治四子順治戊子充貢授通判改選江南布政司理問署寧國知縣
高和 立夫康熙丁卯准貢

吳文陣 乾隆丁卯改名文暉
朱篆 乾隆壬申松陽訓導
殷瑞梅 乾隆丙子選蘭溪教諭
祝櫓良 乾隆乙酉貴州天柱知縣
朱讀泗 希時乾隆戊子
胡以謙 乾隆庚寅鄞縣教諭
陳玉垣 九閎鷁子乾隆辛卯順天榜署知縣
張嘉珵 郢客沅蘭猶子乾隆戊申亞元
孫駕鰲 躍淵乾隆乙卯處州府訓導
陳元城 乾隆丁酉
吳本佺 並嘉慶庚申
張天驥 嘉慶甲子改名元煦浦江教諭
朱毓文 嘉慶己卯
周鵬海 青上道光戊子經魁
楊潤之 雨香文雲猶孫道光庚子
顧尚聞 惺菴師孟子乾隆庚午
顧雲程 霓山萬歷丙子
孫見龍 辰山林孫科目未詳
陳光德 康熙乙酉榜姓查武康教諭

吳正樂 雍正甲辰

王世超 半村秉鑑從五世孫乾隆乙卯欽賜

馬玉堂 筠齋人驥次子道光辛巳

朱維堃 梅君道光己亥

貢生

明

徐倫 文衡號雪坡嘉禾令彥元孫洪武二十六年選貢山東東昌府濮州知州世居雪水港

詹文 洪武三十一年選貢刑部郎中

王玫 宏治癸未歲貢入國學泉州府同知

王府 守悳玫子嘉靖壬午歲貢處州教授陞樂昌知縣

王應錦 朝華玫從子嘉靖癸丑府庠歲貢安仁訓導

孫林 雙橋歲貢嘉靖中禦倭遇害

朱瀾永 崐源乾隆甲子階州州判

張純熙 嘉慶辛酉欽賜

吳世培 棠園懋政孫道光辛巳福建西河關驗鹽大使

沈盛 友雲繼宗孫宣德六年貢任邱訓導

董軾 一坡澐猶子正德辛巳歲貢秦山人

陳渭 清夫瀛弟府庠歲貢

陳亮采 心齋瀛姪嘉靖己未歲貢上海訓導

蔣璠 仲良隆慶丁卯歲貢會稽教諭

徐蘭 嘉靖辛酉歲貢淮王府教授

吳中偉 萬歷癸己選貢

朱文元 萬歷丁未歲貢

顧在中 玉如霑曾孫恩貢光祿寺丞

朱浩然 泰昌元年恩貢金華府教授

朱豫禎 得朋正學二子廩貢

王大任 勞人廷傑子天啓甲子恩貢

朱豐禎 黃岳正學三子恩貢盂州同知

徐元星 五喬九牧孫天啓丙寅拔貢

徐有貞 君載從治三子附貢

朱爾鄴 選貢

黃耀如 崇禎乙亥拔貢

鍾繼儒 萬歷辛丑歲貢由訓導陞陸川知縣

顧可漁 萬歷壬子歲貢南雄府教授

朱正學 萬歷丁巳歲貢崇祀鄉賢

許敦倬 叔啓天啓壬戌歲貢嚴州教授

董虬祥 禹門穀孫天啓癸亥歲貢

徐同貞 天啓乙丑恩貢指揮同知

徐昌治 天啓乙丑歲貢通判

孫玉峯 西山林孫歲貢

王秉鑑 清之敬賢長子天啓丁卯恩貢思南府同知

顧夢輔 崇禎癸酉歲貢京學訓導

徐鵬翰 崇禎己卯歲貢上海知縣

朱景肅 竹聲歲貢入國學順治初常山訓導

王秉鐸 振之敬賢三字崇禎壬午恩貢州同

吳麟武 玉書中任三子庠生入國學崇禎癸未積分恩貢由萬年令陞饒州通判遷戶部主事

國朝

金　英 劍耿順治丙戌選貢感恩知縣

徐升員 外籍拔貢戶部郎中

徐儲元 翰飛乾貞長子外籍拔貢州同知

顧　宏 康熙庚戌恩貢歷仕至崖州知州

祝壽祊 康熙甲戌歲貢

孫　謀 貽芳化麟孫廩貢新昌訓導

吳　荃 廩士子商籍歲貢改名蒙育

顧東眉 亦蘇宏子歲貢己丑京學教習候補知縣

錢　鉽 紹隆子歲貢

顧爾澄 子靜向聞孫順治己丑纂修貢通判

徐鍾元 外籍恩貢廣西藩廳署藤邑令

徐愷元 厚躬升貞次子廩貢

祝壽祉 康熙癸酉歲貢

馮昌臨 冽泉廩貢桐廬訓導

王　溥 韓城府曾孫廩貢江山訓導

徐兆扈 素涵復貞長子廩貢

王之枚 官諸府元孫例貢授莊浪衛同知

馮鳳威 昌臨子歲貢

吳思陶 共明景晰子乾隆庚午歲貢

鍾　紳 鼎調府庠歲貢

顧之楷 禹範乾隆戊子歲貢

朱瀛求 在洲瀾永弟乾隆壬辰歲貢

方士亨 廷傑震齡猶子附貢遷居仁和

畢星海 乾隆壬寅歲貢咨部候補教職

胡文蔚 乾隆壬子歲貢

吳東發 嘉慶戊午府庠歲貢

朱玉璡 鼎蘇讀泗猶子嘉慶庚申恩貢

馬玉墀 龍岩附貢

朱　模 楷林嘉慶庚辰恩貢

萬錢青 廩貢

朱大勳 乾隆癸酉拔貢壽昌教諭

朱以權 巽廷之溥猶子附貢

陳坤元 元城兄乾隆辛卯恩貢

張祖敬 湘佩府庠廩貢改名沂蘭

畢師誠 萬言紹子附貢

錢懋曾 孫鉽乾隆庚戌恩貢

孫映煜 再中嘉慶丙辰歲貢

方夢魁 廩貢

馮　鈞 嘉慶甲子歲貢

王聖與 廩貢入國學選分水訓導

方　溶 嘉慶庚辰歲貢選於潛訓導

顧　經 韋門東眉曾孫道光壬午歲貢

萬鴻齡　例貢

方家振　鼎三子道光庚寅歲貢　官學教習候補知縣

舍選

明

王楫二　都察院　都事

馮嘉謨　銅仁府　經歷

吳士翹　南中兆禎子山東　膠萊分司攝府尹

徐允治　銘殷應奎三子　鎮江府通判

吳中萃　禹蛟希賢子宗人府經歷欽差督修　江西省城轉南康府經歷署星子縣

顧名端　正卿廣東　都經歷

孫允驥　不舉撝謙子　庠生州判

國朝

顧履祥　靜山　附貢

吳銘新　雲樓本侄子歲　豐辛亥恩貢

顧綸　繼山霑子擦　察司經歷

陳瀅　紫珩瀛從弟廣　西龍英州州判

王廷傑　海澄家相次子　兩淮鹽運分司

王敬賢　賓字府孫　福建運同

徐光治　應奎長子庠生入　國學光祿寺署丞

徐起淳　古生蘭孫翰　林院孔目

徐豫貞　州同

朱與蘭　州同

畢蕃昌　州同

錢天麟　穠菴萬寶　季子州同

畢國璋　州同

方震忠　尙誠開基　三子州同

畢建元　州同

孫廷樸　醇園謀　孫州判

畢紹　次山建勳子山　東官臺場大使

沈南齡　嵩高　州判

陳玉墀　鱸莊懋長子湖南平江　知縣山西陽曲知縣

吳芬　直隸武　清巡檢

徐輔元　左臣升貞　長子州判

徐賡元　暘谷乾貞次子州　同改選宜化知縣

朱攀龍　鱗安景肅次子庠　生入國學州同

吳朝銓　州同

畢國瑞　翰林院　孔目

黃元吉　集三鈊　子縣丞

程紹　州同

陳躍淵　漁浦殿宣次子　富安場大使

畢綸　榮溪建元子　宣化府司獄

馮汝麟　開宗鳳威孫廣　西龍門巡檢

陳嘉生　稻薌玉垣次子　福建武平典史

沈慶和 睦齋潛修長子直隸獲鹿縣典史

黃福謙 伯恭武舉元吉長子典史

陳開 恆貴玉垣長孫龍川江司巡檢

陳錫綸 開弟直隸河間典史

陳錫金 揭陽縣北寨司巡檢

陳錫周 字五龍雲南景東廳猛統司巡檢

陳錫光 環印錫周弟山東濟河縣典史

胡瑞昌 明懷州同

沈世奇 福建嘉義縣巡檢

陳廷英 錫周長子府知事分發湖南

陳廷俞 錫周次子貴州署安平縣典史

儒士 附

明

王廷望 應錦孫

顧鈿 惟華慜子

掾吏

明

吳兆禎 鳳儀陳鯉母父元玉曾孫蒙城縣丞

吳希賢 心齋黃縣丞陞本縣令

王廷相 蓮臺敬賢同祖弟由典史至延平府同知

徐勳 南溪[illegible]從父台州倉大使

董廷策 穀從孫省祭

吳中儀 中智兄蕭縣主簿

朱國正 廣東崇陽典史

朱鈺 江南如皋典史

顧慜 震山府經歷

國朝

趙燧 江西瑞州府經歷

趙基 燧弟睢州吏目

朱還先 明卿景肅曾孫四川冕寧縣典史

顧大治 宗維巡檢

孫德熹 浙閩部堂賚奏廳

孫坦 朝銘德銘子浙閩部堂賚奏廳

翁祥 仁中江西巡檢

孫文君 藺臺廷樸次子浙閩部堂賚奏廳

散官 附

明

董慧 如魯助賑授承事郎

董謙 知還慧子孝子年例授冠帶

陳瀾 德錫瀛從弟助賑授冠帶

徐宗嗣 誠裕鴿祖年例授冠帶

董觀 孟喬淞子醫學正科

董儒 伯醇學子庠生授冠帶壽七十有三

陳禾 邦昌瀛子庠生弋陽王府儀賓

徐烈 東溪勳弟年例授冠帶

董啓 惟忠隆子冠帶儒官壽八十七

國朝

孫煥 宗陽允驥元孫入貲授從九品

孫映熤 雲亭廷權二子入貲授從九品

胡舞青 入貲授從九品

孫頌燮 駉思泱熤子年例授八品

陳國樞 年例授八品

陳起鵬 入貲授從九品

萬景淳 少琴鴻齡二子助賑授六品

陳耀祖 永思年例授九品

武進士

明

郭啓襄 崇禎辛未廣東參將

國朝

沈嘉言 康熙丁未二等待衛

翁霞 康熙乙丑志失載

武舉人

明

王學詩 本所百戶萬歷乙酉

郭啓襄 本所百戶應襲天啓辛酉

王永澄 御之敬賢猶子崇禎己卯福建副總兵

郭輔明 本所百戶萬歷庚子解元

王有虔 衛之敬賢二子崇禎丙子武魁蘇松副總兵

國朝

沈嘉言 邑增生改試武闈康熙癸卯榜姓吳

翁霞 錦雯康熙壬子榜姓陸

孫泰 裕源謀孫雍正己卯嘉鎮試用千總

黃元吉 坤和乾隆庚子

黃曹榮 康熙己酉亞魁榜作曹榮

朱珩 楚白康熙癸巳榜姓胡仕至遊擊

汪星五 乾隆庚辰漕運千總

黃國泰 叔祥坤和三子嘉慶丁卯

行伍

王永清 咸若廷相猶子福建游擊

顧國藩 端吾嘉湖道中軍

陸鴻 乾隆間守備加都司銜

劉鳳儀 蓉臺今任嘉協右營平湖汎

捐職

黃黼清 香粟國泰子國學生營千總

盧震 采臣元熙三子武生營千總

鄉飲賓

明

顧師孟 希賢廩生

董啓 庠生

董儒 庠生

顧爾洽 養元庠生

王廷望 禮部儒士

顧可模 秦觀庠生

朱文才

朱文彥

徐應登 庠生

徐應奎 庠生

顧可漁 府教諭

徐萊 豐岩蘭從弟

徐南傑 春所菊子庠生

孫撝謙 冲吾見龍子庠生

國朝

黃觀祖

朱爾鄴 貢生

孫化麟 叔茂玉峯子庠生

孫允驥 州判

徐公玫 玉汝行儉孫庠生

方震齡 與三開基長子

王觀禮

趙乾行

胡朝楹

盧元熙 國學生

吳本智

陳貽謀 國學生

沈敦元 鳴先國學生

顧文奎

歸開基 振初國學生

張純煒 國學生

澉水新志卷八終